GW01018059

Isaac Bashevis Singer

La destruction de Kreshev

*Traduit de l'américain
par Marie-Pierre Bay*

Denoël

Cette nouvelle est extraite du recueil
Le Spinoza de la rue du Marché (Folio n° 3124).

Né en 1904 à Radzymin en Pologne, Isaac Bashevis Singer est fils et petit-fils de rabbin. Bien qu'éduqué au séminaire rabbinique de Varsovie, il choisit de devenir écrivain. Sa carrière littéraire commence, dès 1925, par des contributions — signées du pseudonyme d'Isaac Bashevis qu'il adopte alors pour se distinguer de son frère aîné, Israël Yehoshua, également écrivain de langue yiddish — dans différents journaux, parmi lesquels les *Literariche Bleter*. Il rejoint son frère à New York en 1935 et y publie, la même année, son premier roman, *La corne du bélier*. Devenu citoyen américain en 1943, il poursuit dès lors, dans un style vivant et poétique, une œuvre aux multiples facettes : il écrit de nombreux romans comme *Le petit monde de la rue Krochmalna. Le certificat,* dont le héros lui ressemble comme un frère ; *Meshugah,* l'histoire de la belle Miriam, survivante des camps de la mort et porteuse d'un terrible secret, ou *Ombres sur l'Hudson,* un immense roman qui entraîne les lecteurs au cœur de l'histoire d'une famille tiraillée par la passion et parfois la folie ; Singer est également l'auteur de recueils de nouvelles comme *Gimpel le naïf* et *Le Spinoza de la rue du Marché,* de contes pour enfants, ainsi que de quelques pièces de théâtre. Il reçoit le prix Nobel de littérature en 1978 et meurt à Miami en 1991.

Son œuvre, qui prolonge la grande tradition des conteurs yiddish traditionnels, est une évocation à la fois réaliste et fantastique, cocasse et tragique, de la vie des Juifs dans la Pologne d'avant la Seconde Guerre mondiale, et de leurs destins, disséminés à travers le monde.

Découvrez, lisez ou relisez les livres d'Isaac B. Singer :

LE CERTIFICAT (Folio n° 2686)

GIMPEL LE NAÏF (Folio n° 2598)

MESHUGAH (Folio n° 2995)

OMBRES SUR L'HUDSON (Folio n° 3670)

LE PETIT MONDE DE LA RUE KROCHMALNA (Folio n° 2487)

LE SPINOZA DE LA RUE DU MARCHÉ (Folio n° 3124)

I

Reb Bunim arrive à Kreshev

Je suis Satan, le Serpent de la Création, le Mauvais. La kabbale me désigne sous le nom de Samael, et les Juifs m'appellent parfois simplement « celui-là ».

C'est bien connu, j'adore arranger des mariages bizarres. Je prends un grand plaisir à unir un vieillard et une jeune fille, une veuve très laide et un jeune homme dans l'éclat de sa jeunesse, un infirme et une grande beauté, un chanteur et une sourde, un muet et un moulin à paroles. Laissez-moi vous parler d'un de ces cas intéressants, que j'ai concocté à Kreshev, une petite ville sur le San, et qui m'a permis d'abuser très convenablement de mon pouvoir en exécutant un de ces petits tours qui forcent les gens à perdre à la fois ce monde-ci et celui à venir, avant même d'avoir eu le temps de se décider entre dire oui ou non.

Kreshev est à peu près aussi grand que la plus petite lettre du plus petit des livres de prières.

Deux épaisses forêts de sapins l'encadrent sur deux côtés, le troisième est bordé par le fleuve San. Les paysans des villages avoisinants sont les plus pauvres et les plus isolés du district de Lublin, et leurs champs les moins fertiles. Une bonne partie de l'année, les routes qui mènent aux villes plus importantes deviennent de véritables tranchées remplies d'eau. On ne circule en charrette qu'à ses risques et périls. Des ours et des loups rôdent à la lisière des bois en hiver et attaquent souvent une vache égarée ou un veau, parfois même un homme. Et par-dessus le marché, pour être bien sûr que les paysans ne seront jamais débarrassés du poids de leurs malheurs, j'ai instillé en eux une foi brûlante. Dans cette région, il y a une église dans un hameau sur deux, et un oratoire dans une maison sur dix. La Vierge Marie, auréolée d'un halo rougeâtre, tient dans ses bras Jésus, le fils nouveau-né de Yossel, le charpentier juif. Les vieux viennent s'agenouiller devant elle, au beau milieu de l'hiver, et attrapent ainsi des rhumatismes. Dès qu'on se retrouve en mai, des processions d'affamés défilent en chantant d'une voix rauque pour réclamer de la pluie. L'encens dégage un parfum âcre, un tambour poitrinaire frappe de toutes ses forces pour me faire fuir. Et malgré cela, la pluie ne vient pas. Ou si elle vient, ce n'est jamais au bon moment. Mais rien n'empêche ces gens d'avoir la foi. Et il en est ainsi depuis des temps immémoriaux.

Les Juifs de Kreshev sont un peu plus instruits et un peu plus prospères que les paysans. Leurs femmes tiennent des boutiques et sont habiles à indiquer un faux poids et de fausses mesures. Les colporteurs, eux, savent persuader les paysannes d'acheter toutes sortes de babioles et gagnent ainsi du blé, des pommes de terre, du lin, des poulets, des canards, des oies — et parfois un petit quelque chose en plus. Qu'est-ce qu'une femme ne donnerait pas en échange d'un rang de perles, d'un joli plumeau, d'un bout de tissu à fleurs ou simplement d'un mot gentil d'un étranger ? Si bien qu'il n'est pas tellement surprenant qu'ici et là, au milieu d'enfants aux cheveux blond filasse, on tombe sur un petit diable bouclé aux yeux noirs et au nez crochu. Les paysans ont le sommeil très profond, mais le Malin ne permet pas à leurs jeunes épouses de dormir. Il les entraîne sur des chemins écartés vers des granges où les colporteurs les attendent, couchés dans le foin. Des chiens aboient à la lune, des coqs chantent, des grenouilles coassent, du haut du ciel les étoiles regardent et clignent de l'œil, tandis que Dieu somnole parmi les nuages. Le Tout-Puissant est vieux. Ce n'est pas une mince affaire de vivre à jamais.

Mais revenons aux Juifs de Kreshev.

Tout au long de l'année, la place du marché n'est qu'un vaste bourbier, pour la bonne raison que les ménagères viennent y jeter leurs eaux sales. Les maisons ne sont pas droites, elles ont l'air à moitié enterrées, sous leur toiture réparée de bric et de broc. Les fenêtres sont bouchées avec de vieux chiffons et des vessies de bœuf. Chez les plus pauvres, le sol est en terre battue, et il n'y a même pas de cheminée. La fumée du poêle s'échappe par un trou du toit. Les femmes se marient à quatorze ou quinze ans et vieillissent très vite à force d'avoir trop d'enfants. À Kreshev, les cordonniers, installés devant leur petit établi, n'ont que de vieilles chaussures éculées à réparer. Les tailleurs n'ont pas d'autre alternative que de retourner les vieilles fourrures qu'on leur apporte pour au moins la troisième fois. Les fabricants de brosses lissent des soies de porc à l'aide d'un peigne en bois en chantant faux des bribes de cantiques ou des couplets de noces. Excepté le jour du marché, les marchands n'ont rien à faire, si bien qu'ils vont traîner à la maison d'étude où ils se grattent la tête en feuilletant le Talmud, à moins qu'ils ne se racontent entre eux des histoires effrayantes de monstres, de fantômes et de loups-garous. De toute évidence, dans une ville pareille, je ne peux pas faire grand-chose, moi non plus. C'est vraiment difficile de tomber sur un vrai péché. Les habitants n'ont ni la force ni le désir d'en commettre. De temps à autre, une couturière raconte des ragots sur la femme du rabbin, ou alors la fille du porteur d'eau tombe enceinte, mais ce genre de choses ne m'amuse pas. C'est pourquoi je viens rarement en visite à Kreshev.

Mais à l'époque dont je parle, il y avait quelques habitants fortunés dans la ville, et dans une maison riche, tout peut arriver. Aussi, chaque fois que je jetais un coup d'œil par là, je vérifiais ce qui se passait chez reb Bunim Shor, l'homme le plus riche de la communauté. Ce serait trop long d'expliquer en détail pourquoi il était venu s'installer à Kreshev. Il avait d'abord vécu à Zholkve, près de Lemberg, puis en était parti, à cause de ses affaires. Il s'intéressait au commerce du bois et acheta un jour très bon marché une bonne étendue de forêt au hobereau polonais de Kreshev. En outre, sa femme, Shifrah Tammar, issue d'une famille honorablement connue — elle était la petite-fille de reb Samuel Edels, le célèbre érudit — souffrait de toux chronique et crachait du sang, si bien qu'un docteur de Lemberg avait recommandé qu'elle aille vivre dans une région boisée. Quoi qu'il en soit, reb Bunim arriva donc à Kreshev avec toutes ses affaires, accompagné de son fils déjà grand et de sa fille Lise âgée de dix ans. Il fit construire une maison à l'écart des autres, au bout de la rue de la synagogue, et on y

13

déversa des chariots entiers de meubles, de vaisselle, de vêtements, de livres et d'une foule d'autres choses. Il amenait en outre avec lui deux serviteurs, une vieille femme et un jeune homme qui s'appelait Mendel et lui servait de cocher. Ces nouveaux arrivants redonnèrent vie à la ville. Maintenant, il allait y avoir du travail pour les jeunes hommes dans les bois de reb Bunim, et les voituriers auraient des bûches à transporter. Reb Bunim fit remettre en état le bain rituel et refaire le toit de la maison des pauvres.

C'était un homme très grand et fort, à l'ossature puissante. Il avait une voix de basse et une barbe noire comme de la poix, qui se terminait en deux pointes. Il n'était guère cultivé et parvenait avec difficulté à lire un chapitre du Midrash, mais il contribuait toujours très généreusement aux œuvres de charité. Il pouvait en un seul repas engloutir une miche de pain entière et une omelette de six œufs, avec un quart de lait pour faire passer. Le vendredi, au bain rituel, il grimpait sur le banc le plus haut et se faisait fouetter par l'assistant avec une botte de branchages jusqu'à ce qu'il soit l'heure d'allumer les bougies. Quand il allait dans la forêt, il emmenait deux chiens féroces et portait toujours un fusil. On disait qu'il savait reconnaître au premier coup d'œil si un arbre était sain ou pourri à l'intérieur. Quand c'était nécessaire, il pouvait travailler dix-huit heures de suite et parcourir des kilomètres à pied. Sa femme, Shifrah Tammar, avait été très belle autrefois, mais à force de courir consulter des docteurs et de s'inquiéter sans cesse de sa santé, elle avait réussi à vieillir prématurément. Elle était grande et maigre, la poitrine presque plate, le visage long et blême, le nez comme un bec. Elle pinçait sans arrêt ses lèvres minces, et ses yeux gris observaient le monde avec une perpétuelle expression de colère. Ses règles la faisaient souffrir, et chaque mois, elle restait couchée ces jours-là comme si elle était atteinte d'une maladie mortelle. La vérité, c'est qu'elle n'arrêtait pas d'avoir mal — un moment, la tête, après, un abcès dentaire, ensuite, des crampes dans le ventre. Ce n'était pas l'épouse qu'il aurait fallu à reb Bunim, mais il n'était pas du genre à se plaindre. Très probablement, il devait se dire que cela se passait toujours comme cela avec les femmes, car il s'était marié à quinze ans.

Il n'y avait pas grand-chose à dire du fils. Il ressemblait à son père — peu cultivé, gros mangeur, excellent nageur, homme d'affaires entreprenant. Sa femme était une fille de Brody, épousée avant que son père ne vienne s'installer à Kreshev, et il avait commencé à travailler dès ce moment-là. On ne le voyait que très rarement. Lui aussi réussissait bien. Tous deux étaient des financiers-nés. Ils semblaient attirer l'argent. Tout portait à croire qu'il n'y avait aucune raison pour que reb Bunim et les siens ne finissent pas leur vie en paix, comme c'est souvent le cas avec les gens ordinaires qui, à cause de leur simplicité même, échappent aux mauvais coups du sort et traversent l'existence sans rencontrer de véritable problème.

II
La fille

Mais reb Bunim avait aussi une fille, et les femmes, c'est bien connu, apportent le malheur.

Lise était à la fois belle et parfaitement éduquée. À douze ans, elle avait déjà la taille de son père, avec des cheveux blond doré et une peau blanche et douce comme de la soie. À certains moments, ses yeux semblaient bleus, à d'autres verts. Elle se comportait moitié comme une dame polonaise de la bonne société, moitié comme une pieuse fille juive. Reb Bunim avait engagé pour elle une gouvernante, dès qu'elle eut six ans, afin de lui enseigner la religion et la grammaire. Plus tard, il l'envoya étudier chez un vrai professeur, et elle manifestait déjà un grand intérêt pour les livres. Elle étudiait toute seule les Écritures en yiddish et se plongeait dans le Pentateuque de sa mère, avec les commentaires également en yiddish. Elle lisait aussi *L'Héritage du cerf, La Verge du châtiment,*

Le Bon Cœur, *La Juste Mesure* et autres ouvrages du même genre trouvés chez elle. Après quoi, elle réussit à apprendre un peu d'hébreu, sans même se faire aider. Son père lui répétait qu'il n'est pas convenable qu'une fille étudie la Torah, et sa mère la prévenait qu'elle resterait vieille fille, étant donné que personne n'aime avoir une épouse instruite. Mais ces mises en garde n'impressionnaient guère Lise. Elle continuait à étudier, lisait *Le Devoir des cœurs* et Flavius Josèphe, apprenait toutes sortes de proverbes des *Tanaïm* et des *Amoraïm*. Sa soif de connaissance ne semblait pas avoir de limite. Chaque fois qu'un marchand ambulant passait par Kreshev, elle l'invitait dans la maison de ses parents et lui achetait tout ce qu'il avait dans son sac. Après le repas du shabbat, les filles des meilleures familles de Kreshev venaient lui rendre visite. Elles bavardaient, jouaient à des petits jeux, aux devinettes, et se comportaient d'une façon stupide comme on le fait généralement à leur âge. Lise se montrait toujours très polie à l'égard de ses amies, elle leur servait des fruits du shabbat, des noix, des petits gâteaux, mais elle n'avait pas grand-chose à leur dire, elle pensait à des sujets bien plus importants que des robes ou des chaussures. Toutefois, elle était toujours très amicale, sans la moindre trace de suffisance dans sa façon d'être. Les jours de grandes fêtes, elle allait à la synagogue, dans la section des femmes, bien que ce ne fût pas la coutume, à son âge, d'assister aux offices. À plus d'une reprise, reb Bunim, qui lui était très attaché, s'exclama d'un ton chagrin : « Quel dommage que ce ne soit pas un garçon ! Quel homme cela aurait fait ! »

Shifrah Tammar réagissait autrement. « Tu la gâtes trop, répétait-elle, si cela continue, elle ne saura même pas faire cuire une pomme de terre. »

Comme il n'y avait personne de compétent à Kreshev pour enseigner les matières profanes — Yakel, le seul soi-disant professeur de la communauté, arrivait à peine à écrire une seule ligne correctement en yiddish —, reb Bunim envoya sa fille étudier chez Kalman la Sangsue. C'était quelqu'un de très estimé à Kreshev. Il savait comment brûler les mèches de cheveux trop emmêlées, appliquer des sangsues — d'où son surnom — et réussir des opérations avec un simple couteau à pain. Il possédait une pleine bibliothèque de livres et préparait lui-même des remèdes à partir d'herbes des champs. C'était un homme petit et gros, avec un énorme ventre, et quand il marchait, on aurait dit que son poids colossal le faisait trébucher. Il ressemblait à un des hobereaux du coin avec son chapeau, son caftan de velours, son pantalon jusqu'aux genoux et ses souliers à boucle. La coutume voulait qu'à

Kreshev la procession conduisant la jeune mariée au bain rituel s'arrêtât un instant devant le porche de la maison de Kalman pour lui donner gaiement la sérénade. « Un homme pareil, disait-on en ville, il faut le maintenir de bonne humeur. Tout ce qu'on peut espérer, c'est de ne jamais avoir besoin de lui. »

Mais reb Bunim avait besoin de Kalman. La Sangsue venait sans arrêt soigner Shifrah Tammar. Et il ne s'occupait pas seulement des maux de la mère : il permettait aussi à la fille d'emprunter des livres dans sa bibliothèque. Lise en lisait des rangées entières, sur la médecine, les voyages en pays lointains, les peuplades sauvages, les histoires d'amour de la noblesse, ses chasses, ses bals, sans oublier des contes merveilleux où il était question de sorciers, d'animaux étranges, de chevaliers, de rois et de princes. Oui, Lise dévorait tout jusqu'à la dernière ligne.

Bon. Maintenant, il est temps que je vous parle de Mendel. Mendel le domestique, le cocher. Personne, à Kreshev, ne savait vraiment d'où il venait. Pour les uns, c'était un enfant illégitime qu'on avait trouvé abandonné dans la rue. Pour d'autres, le fils d'une convertie. Quelles que fussent ses origines, il était complètement illettré, et cela se savait à des kilomètres à la ronde. Il n'avait même pas appris l'alphabet. Il possédait bien une paire de phylactères, mais on ne l'avait jamais vu prier. Le vendredi soir, quand tous les hommes se rendaient à la synagogue, Mendel, lui, traînait sur la place du marché. Il aidait les petites servantes à tirer de l'eau du puits et allait rôder autour des chevaux dans les écuries. Il se rasait la barbe, avait abandonné ses franges rituelles, ne récitait pas les bénédictions. Il s'était complètement affranchi des coutumes juives. À son arrivée à Kreshev, plusieurs personnes s'étaient intéressées à lui. On lui avait offert de s'instruire gratuitement. Plusieurs femmes pieuses l'avaient averti qu'il finirait dans la Géhenne sur un lit de clous. Mais il n'écoutait personne. Il faisait la grimace et sifflait à tue-tête. Si une dévote lui faisait des reproches trop vifs, il ricanait et rétorquait avec arrogance : « Espèce de cosaque de Dieu ! De toute façon, nous ne serons pas dans le même enfer ! »

Sur quoi, il saisissait le fouet qu'il gardait toujours à portée de main et s'en servait pour soulever la jupe de la malheureuse. S'ensuivaient des cris et des rires, et la dévote se promettait de ne plus avoir jamais affaire à Mendel le cocher.

Être hérétique ne l'empêchait pas d'avoir belle allure. Il était beau, grand et mince, avec des jambes bien droites, des hanches étroites et une épaisse chevelure noire bouclée toujours en désordre, dans laquelle restaient accrochés des brins de paille. Ses épais sourcils se rejoignaient au-dessus de son nez. Il avait des yeux sombres et des lèvres épaisses. Quant à ses vêtements, c'étaient ceux d'un chrétien. Il portait une culotte de cheval et des bottes, une veste courte et une casquette comme en ont les Polonais, à visière de cuir, qu'il mettait à l'envers. Il taillait des sifflets dans des bouts de bois et jouait aussi du violon. Il aimait les pigeons et en avait installé dans une cage sur le toit de la maison de reb Bunim. On le voyait de temps en temps grimper là-haut et les taquiner avec une longue badine. Bien qu'il eût une chambre à lui, avec un banc qui pouvait parfaitement faire office de lit, il préférait aller la nuit dans le grenier à foin, et s'il était d'humeur, il pouvait dormir quatorze heures d'affilée. Une fois, un incendie éclata à Kreshev, tellement violent que les habitants décidèrent de s'enfuir de la ville. Chez reb Bunim, tout le monde avait cherché Mendel pour qu'il vienne aider à emballer les affaires qu'on emportait. Mais on ne le trouvait nulle part. Ce n'est qu'une fois le feu éteint et l'affolement général calmé qu'on le découvrit dans la cour, ronflant sous un pommier comme si de rien n'était.

Mais Mendel le cocher ne faisait pas que dormir. Il courait les filles, tout le monde le savait. Toutefois on pouvait dire une chose en sa faveur : il ne s'occupait pas de celles de Kreshev.

Ses escapades le conduisaient toujours vers les villages voisins et leurs paysannes. L'attrait qu'il exerçait sur elles avait quelque chose de presque surnaturel. Les buveurs de bière, dans les tavernes, affirmaient qu'il lui suffisait de fixer son regard sur une femme pour qu'elle vienne immédiatement vers lui. On racontait que plus d'une allait lui rendre visite dans sa mansarde. Naturellement, les paysans n'aimaient pas cela et ils avaient averti Mendel qu'un de ces jours ils viendraient lui couper la tête, mais il ignorait ces menaces et se vautrait de plus en plus dans les plaisirs de la chair. Dans tous les villages qu'il visitait avec reb Bunim, il avait ses « épouses » et ses rejetons. On aurait pu croire qu'il lui suffisait de siffler pour faire accourir une fille. Cela relevait presque de la sorcellerie. Toutefois, il ne parlait jamais de son pouvoir sur les femmes. Il ne buvait pas d'alcool, évitait les bagarres, ne fréquentait pas les cordonniers ni les tailleurs ou les tonneliers, qui comptaient parmi les plus pauvres habitants de Kreshev. D'ailleurs, ils ne le considéraient pas comme un des leurs. Il ne se souciait pas beaucoup d'argent non plus. Reb Bunim, à ce qu'il paraît, ne lui offrait que le vivre et le couvert. Mais quand un voiturier de la ville voulut l'engager et lui proposa de lui payer de vrais gages, il dit qu'il voulait rester loyal à son maître. Cela lui était apparemment égal d'être un esclave.

Ses chevaux et ses bottes, ses pigeons et les filles, voilà tout ce qui l'intéressait. Si bien que les habitants de Kreshev se désintéressèrent de lui.

« Une âme perdue, fut leur commentaire, un chrétien juif. »

Peu à peu, on ne fit plus attention à lui et on l'oublia.

III

Les termes du contrat de mariage

Dès que Lise eut quinze ans, on commença à se demander qui elle épouserait. Shifrah Tammar était malade et ses relations avec reb Bunim devenaient tendues. Aussi ce dernier décida-t-il de discuter directement avec sa fille. Dès qu'il aborda le sujet, Lise fit sa timide et répondit qu'elle accepterait ce que son père jugeait le mieux.

« Tu as deux prétendants possibles », dit-il pendant une de leurs conversations. « Le premier est un jeune homme issu d'une très riche famille de Lublin, mais il n'est pas instruit du tout. L'autre vient de Varsovie, et il paraît que c'est un vrai prodige. Toutefois, je dois te prévenir qu'il n'a pas un sou. Maintenant, réponds-moi, ma fille. La décision t'appartient. Lequel préfères-tu ?

— Oh, l'argent ! dit Lise avec mépris. Quelle valeur a-t-il ? L'argent, on peut le perdre, l'instruction, non. » Et elle baissa les yeux.

« Donc, si je comprends bien, tu préfères le garçon de Varsovie ? » demanda reb Bunim en caressant sa longue barbe noire.

« Père, vous savez mieux que moi..., chuchota Lise.

— Une chose, encore, qu'il faut que je te dise, le jeune homme riche est très beau, grand, les cheveux blonds. L'érudit, lui, est très petit. Il a au moins une tête de moins que toi. »

Lise empoigna ses deux tresses, et son visage s'empourpra, puis pâlit brusquement. Elle se mordit les lèvres.

« Eh bien, ma fille, que décides-tu ? interrogea reb Bunim. N'aie pas peur de parler. »

Lise se mit à bégayer, et ses genoux tremblèrent, tant elle avait honte.

« Où est-il ? dit-elle. Je veux dire, que fait-il ?

— Le jeune homme de Varsovie ? Il est orphelin, Dieu nous préserve, et vit actuellement à la *yeshiva* de Zusmir. On m'a raconté qu'il savait tout le Talmud par cœur et qu'il étudie aussi la philosophie et la kabbale. Il paraît qu'il a déjà écrit un commentaire sur Maïmonide.

— Ah, murmura Lise.

— Cela signifie-t-il que c'est lui que tu veux ?

— Seulement si vous approuvez ce choix, Père. »

Elle se couvrit le visage de ses deux mains et sortit de la pièce en courant. Reb Bunim la suivit des yeux. Elle l'enchantait, par sa beauté, sa modestie, son intelligence. Elle était plus proche de lui que de sa mère et, bien que déjà grande, venait se blottir contre lui et jouait avec sa barbe. Le vendredi, avant qu'il se rende au bain rituel, elle lui préparait une chemise propre et, à son retour, avant l'allumage des bougies, lui servait un morceau de gâteau tout frais et de la compote de prunes. Il ne l'entendait jamais rire d'une façon stupide comme les autres filles, et elle ne marchait jamais pieds nus en sa présence. Après le repas du shabbat, quand il faisait un petit somme, elle allait sur la pointe des pieds pour ne pas le réveiller. S'il tombait malade, elle posait sa main sur son front pour voir s'il avait de la fièvre et lui apportait toutes sortes de remèdes et de friandises. Plus d'une fois, il s'était dit qu'il enviait l'heureux jeune homme qui l'aurait pour femme.

Quelques jours plus tard, les habitants de Kreshev apprirent que le futur époux de Lise venait d'arriver. Il avait voyagé en carriole tout seul et s'était installé chez Rabbi Ozer. On fut surpris de découvrir un garçon maigrichon, petit, les papillotes noires en désordre, le visage blême et le menton pointu à peine recouvert de quelques touffes de poils. Son long caftan lui battait les chevilles. Il marchait courbé en deux et tellement vite qu'on aurait dit qu'il ne savait pas où il allait. Les jeunes filles se bousculaient aux fenêtres pour le voir passer. Quand il se rendit à la maison d'étude, les hommes se levèrent pour l'accueillir, et il commença aussitôt à disserter avec beaucoup d'intelligence. Il n'y avait pas de doute, ce garçon était un authentique citadin.

« Eh bien, vous avez là une bien jolie ville, observa-t-il.

— Personne ne prétend que Kreshev ressemble à Varsovie », lui répondit quelqu'un.

Le jeune citadin sourit. « Un coin en vaut un autre, fit-il remarquer. Une ville est toujours une ville... »

Après quoi, il se mit à citer abondamment le Talmud de Babylone et celui de Jérusalem, puis quand il eut fini, régala l'assistance de nouvelles sur ce qui se passait dans le vaste monde. Il ne connaissait pas personnellement Radziwill, mais il l'avait vu, de même qu'un disciple de Sabbatai Zvi, le faux Messie. Il avait rencontré un Juif venu de Suse, l'ancienne capitale de la Perse, et un autre qui s'était converti et étudiait le Talmud en secret. Comme si cela ne suffisait pas, il commença à poser à l'assemblée des devinettes très difficiles, puis quand il en eut assez, s'amusa à répéter des anecdotes sur Rabbi Heshel. Il trouva le moyen d'informer ses auditeurs qu'il savait jouer aux échecs, peindre des fresques en se servant des douze signes du zodiaque et écrire des vers en hébreu qu'on pouvait lire dans les deux sens et qui, de toute façon, voulaient toujours dire la même chose. Ce n'était pas tout. En plus du reste, ce jeune prodige étudiait la philosophie et la kabbale, se passionnait pour les mathématiques et la mystique, au point de savoir calculer les fractions qu'on trouve dans le Traité des Kilaïm. Naturellement, il avait jeté un coup d'œil au Zohar, à *L'Arbre de Vie* et il connaissait par cœur *Le Guide des égarés*.

À son arrivée à Kreshev, on aurait dit un mendiant, mais en quelques jours, reb Bunim le fit équiper d'un caftan et de souliers neufs, de bas blancs, et lui offrit une montre en or. Après quoi, le jeune homme se peigna la barbiche et les papillotes. Ce n'est qu'au moment de la signature du contrat que Lise vit son fiancé. Mais elle savait déjà qu'il était très cultivé et elle se réjouissait de l'avoir choisi, plutôt que le riche jeune homme de Lublin.

La fête qui suivit fut aussi bruyante que s'il s'était déjà agi du mariage même. La moitié de la ville était invitée. Comme toujours, on avait séparé les hommes et les femmes. Shloimele, le fiancé, fit un discours extrêmement brillant et ensuite signa, avec un paraphe fleuri. Plusieurs des hommes les plus instruits de la ville essayèrent de discuter avec lui de sujets importants, mais sa rhétorique et sa sagesse étaient trop grandes pour eux. Tandis que les réjouissances se poursuivaient et juste avant le banquet, reb

Bunim, enfreignant la tradition qui veut que les futurs époux ne se rencontrent pas avant le mariage, fit entrer le jeune homme dans la pièce où se trouvait Lise. Si on interprète correctement la Loi, un homme ne doit pas prendre pour femme quelqu'un qu'il n'a pas vu. Le caftan de Shloimele était tout déboutonné, on voyait sa chemise de soie et sa montre à chaîne d'or. Il avait l'air d'un homme du monde avec ses souliers bien cirés et sa calotte de velours perchée sur la tête. Son front était humide de sueur, et son visage empourpré. Il regardait autour de lui de ses grands yeux noirs, hardis et timides à la fois. Son index roulait et déroulait nerveusement les franges de sa ceinture. Dès qu'elle l'aperçut, Lise devint cramoisie. On lui avait dit qu'il était laid, mais elle le trouva beau. Et les jeunes filles rassemblées autour d'elle le pensèrent aussi. D'un seul coup, Shloimele apparaissait très séduisant, bien plus qu'à son arrivée.

« Voici la jeune fille que tu vas épouser, dit reb Bunim. Il n'y a pas de quoi être intimidé. »

Lise portait une robe de soie noire, avec au cou un rang de perles qu'on venait de lui offrir pour l'occasion. Ses cheveux semblaient presque roux à la lueur des bougies, et à un doigt de la main gauche, elle portait une bague ornée de la lettre M, pour *Mazel Tov*. À l'instant où Shloimele entra, elle tenait un mouchoir brodé, mais en le voyant, elle le fit tomber par terre. Une des jeunes filles présentes s'avança pour le ramasser.

« Quelle belle soirée, dit Shloimele.

— Et quel bel été », répondirent en chœur sa fiancée et deux de ses compagnes.

« Peut-être fait-il un peu chaud, observa le jeune homme.

— Oui, très chaud, dirent les filles à l'unisson.

— Croyez-vous que ce soit ma faute ? poursuivit Shloimele d'une voix monocorde. Il est dit dans le Talmud... »

Mais il ne put pas poursuivre, car Lise l'interrompit : « Je sais très bien ce qui est dit dans le Talmud, qu'un âne a froid même pendant le mois de Tammouz.

— Oh, on a lu le Talmud ! » s'exclama Shloimele surpris, et le bout de ses oreilles rougit.

Tout de suite après cet échange, la conversation s'arrêta, et toutes sortes de gens envahirent la pièce. Mais reb Ozer n'approuvait pas que des fiancés se rencontrent avant le mariage et il fit séparer ces deux-là. Si bien que Shloimele se retrouva à nouveau entouré d'hommes, et la fête se poursuivit jusqu'à l'aube.

IV
L'amour

Dès l'instant où elle le vit, Lise s'éprit passionnément de Shloimele. Parfois, elle s'imaginait voir son visage en rêve. Ou alors, elle était certaine qu'ils avaient été déjà mariés, dans une autre vie. La vérité, c'est que moi, l'Esprit du mal, j'avais besoin d'un amour comme celui-là pour réaliser mes plans.

La nuit, j'allais chercher l'esprit de Shloimele et le faisais apparaître à Lise pendant qu'elle dormait. Tous deux se parlaient, s'embrassaient, échangeaient des serments d'amour. Dès qu'elle se réveillait, elle ne pensait plus qu'à lui. Le visage de son fiancé restait gravé en elle, elle s'adressait à lui, lui dévoilait son âme. Il lui répondait avec les mots passionnés qu'elle souhaitait entendre. Quand elle mettait sa robe ou sa chemise de nuit, elle l'imaginait devant elle et se sentait à la fois intimidée et heureuse d'avoir la peau aussi blanche et douce. Parfois, elle posait à cette apparition les questions qui la tourmentaient depuis l'enfance : « Shloimele, c'est quoi, le ciel ? Quelle est la profondeur de la terre ? Pourquoi fait-il chaud en été et froid en hiver ? Pourquoi les morts se réunissent-ils la nuit pour prier à la synagogue ? Comment peut-on voir un démon ? Pourquoi voit-on son reflet dans un miroir ? »

Et elle avait même l'impression qu'il lui répondait. Restait la question essentielle : « Shloimele, m'aimes-tu vraiment ? »

Il la rassurait, aucune autre fille n'avait une beauté égale à la sienne. Dans ses rêveries éveillées, elle s'imaginait en train de se noyer dans la rivière, et il venait la sauver. Des esprits du mal l'enlevaient, et il se précipitait à son secours. Bref, elle ne faisait plus que rêver tant l'amour lui troublait la raison.

Finalement, reb Bunim retarda le mariage jusqu'au shabbat d'après la Pentecôte, et Lise dut ainsi patienter neuf mois de plus. Dans son impatience, elle comprenait les souffrances de Jacob qui avait dû attendre sept ans avant de pouvoir épouser Rachel. Shloimele habitait toujours chez le rabbin et il ne pourrait pas revoir sa fiancée avant Hannukah. La jeune fille se mettait souvent à la fenêtre, dans l'espoir toujours déçu de l'apercevoir. Mais le chemin entre la maison du rabbin et la synagogue ne passait pas devant la demeure de reb Bunim. Les seules nouvelles qu'elle avait venaient des jeunes filles qui lui rendaient visite. L'une affirmait que Shloimele grandissait encore un peu, une autre disait qu'il étudiait le Talmud avec les autres jeunes gens. Une troisième faisait remarquer que la femme du rabbin ne devait pas bien le nourrir, car il maigrissait beaucoup. Mais par timidité, Lise n'osait pas les questionner davantage. Pourtant, elle rougissait chaque fois qu'on prononçait le nom de son bien-aimé. Pour que l'hiver passe plus vite, elle entreprit de broder à son intention un sac à phylactères et un napperon pour recouvrir le pain du shabbat. Le sac était en velours noir, qu'elle orna d'une étoile de David, du nom de Shloimele et de la date en fils d'or. Elle se donna encore plus de mal avec le napperon, qu'elle décora de deux miches et d'un gobelet, avec les mots « saint shabbat » en fil d'argent. Dans les coins, elle broda la tête d'un cerf, d'un lion, d'un léopard et d'un aigle. Elle n'oublia pas de coudre des perles de différentes couleurs à l'ourlet et d'ajouter des franges et des glands. Les jeunes filles de Kreshev s'émerveillèrent de son adresse et la supplièrent de les laisser recopier le modèle.

Depuis ses fiançailles, elle changeait, devenait encore plus belle. Sa peau était plus blanche, plus délicate, ses yeux se perdaient dans le vide. Elle se déplaçait dans la maison aussi silencieusement qu'une somnambule. De temps à autre, elle souriait sans raison apparente, restait des heures devant son miroir à se coiffer, puis parlait à son reflet comme quelqu'un en transe. Si un mendiant se présentait, elle le recevait gentiment et lui faisait gracieusement l'aumône. Après chaque repas, elle allait à la maison des pauvres porter de la soupe ou de la viande aux malades et aux indigents. Les malheureux la bénissaient : « Que Dieu vous accorde de bientôt manger la soupe de votre mariage. »

Et Lise se hâtait de répondre : « Amen. »

Puisque le temps continuait à lui sembler long, elle allait souvent regarder des livres dans la bibliothèque de son père. Elle en trouva un un jour, intitulé *Les Coutumes du mariage.* Il y était dit qu'une future épousée doit se purifier avant la cérémonie, noter la date de ses règles et se rendre au bain rituel. On y parlait aussi des rites de la période des sept bénédictions nuptiales. On conseillait le mari et la femme sur la conduite à tenir — surtout la femme, avec une foule des détails. Lise trouva tout cela très intéressant, étant donné qu'elle avait déjà une idée de ce qui se passe entre les deux sexes, après avoir observé les ébats amoureux d'oiseaux et autres animaux. Elle médita longuement sur cette lecture, et cela lui valut plusieurs nuits d'insomnie. Sa timidité s'en trouva encore accrue, elle rougissait, avait de la fièvre.

Sa conduite devint si étrange que les servantes la crurent victime du mauvais œil et chantèrent des incantations pour la délivrer. Chaque fois qu'on prononçait le nom de Shloimele, elle s'empourprait. Et si quelqu'un s'approchait d'elle, elle cachait le livre qu'elle ne cessait de relire. Elle devint si nerveuse, si inquiète qu'elle en arriva à la fois à désirer et à redouter le jour de son mariage. Shifrah Tammar, pour sa part, continuait à préparer le trousseau. Bien qu'elle ne communiquât guère avec sa fille, elle voulait que les festivités fussent grandioses. Les habitants de Kreshev devraient s'en souvenir pendant des années.

V

Le mariage

Le mariage fut effectivement magnifique. Des couturières de Lublin firent les robes de la mariée. Pendant des semaines, chez reb Bunim, elles brodèrent des chemises de nuit, du linge, des chemises, et y ajoutèrent de la dentelle. La robe de Lise, en satin blanc, avait une traîne de quatre coudées de long.

Pour ce qui est de la nourriture, les cuisiniers s'étaient surpassés en confectionnant un pain du shabbat d'à peu près la taille d'un homme et tressé aux deux extrémités. On n'avait jamais rien vu de tel à Kreshev. Reb Bunim ne regardait pas à la dépense. On ne comptait plus les moutons, les veaux, les poulets, les oies, les canards, les chapons sacrifiés pour le festin nuptial. On prévoyait aussi des poissons pêchés dans le San, des vins hongrois et de l'hydromel fournis par l'aubergiste de la ville. Le jour des noces, reb Bunim ordonna que les pauvres de Kreshev fussent bien nourris, et dès que cela se sut, toute la racaille des environs arriva pour en profiter aussi. On installa des tables et des bancs dans la rue et on servit aux mendiants du pain blanc, de la carpe farcie, de la viande marinée dans le vinaigre, du gâteau et des litres de bière. Des musiciens jouaient pour eux et l'amuseur traditionnel les faisait rire. Une foule dépenaillée se mit à danser en rond au milieu de la place du marché en riant et en braillant. Les chants et les cris devenaient assourdissants.

Le soir, les invités commencèrent à se rassembler chez reb Bunim. Les femmes portaient des vestes brodées de perles, des rubans dans les cheveux, tous leurs bijoux. Les jeunes filles arboraient des robes en soie et des chaussures pointues faites spécialement pour l'occasion, mais, on s'en doute, les couturières et les cordonniers n'avaient pu honorer toutes les commandes, et des disputes avaient éclaté. Plus d'une fille dut rester chez elle, blottie derrière le poêle, à pleurer toutes les larmes de son corps.

Ce jour-là, Lise jeûna, et quand vint l'heure de la prière, elle énuméra ses péchés. Elle se frappait la poitrine, comme au jour du Grand Pardon, sachant que lorsque vous vous mariez, toutes vos fautes vous sont pardonnées. Bien qu'elle ne fût pas particulièrement pieuse et doutât souvent de sa foi, ce qui arrive à ceux qui réfléchissent beaucoup, elle pria avec ferveur. Elle offrit en même temps ses prières pour l'homme qui, à la fin de la soirée, deviendrait son époux. Quand Shifrah Tammar entra dans la pièce et vit sa fille dans un coin, les larmes aux yeux, elle s'exclama : « Mais regardez-la donc ! C'est une vraie sainte ! » Puis elle lui ordonna d'arrêter de pleurer, sinon elle aurait le visage rouge et gonflé au moment d'aller sous le dais nuptial.

Mais vous pouvez m'en croire, ce n'était pas la ferveur religieuse qui provoquait les pleurs de Lise. Pendant les jours et même les semaines précédant la cérémonie, je n'étais pas resté inactif. Toutes sortes de pensées bizarres, mauvaises, avaient assailli la jeune fille. Un jour, elle craignait de ne plus être vierge, le lendemain, elle rêvait de l'instant où elle serait déflorée et éclatait en sanglots, terrorisée à l'idée de ne pas pouvoir supporter la douleur. À d'autres moments, elle tremblait de honte, redoutait de se mettre à transpirer pendant sa nuit de noces, ou d'avoir mal au cœur ou de mouiller son lit, ou de souffrir de plus grandes humiliations encore. Elle soupçonnait un ennemi de l'avoir ensorcelée et elle chercha partout dans ses vêtements pour voir s'il n'y avait pas des nœuds dissimulés ici ou là. Elle aurait voulu se débarrasser de ces crises d'anxiété, mais n'y parvenait pas. « Peut-être que tout ceci est un rêve, finit-elle par se dire, et que je ne vais pas du tout me marier. Ou alors, mon mari est un diable qui a pris forme humaine, et la cérémonie sera purement imaginaire, tandis que les invités seront autant de démons. »

Et ceci n'était qu'un des cauchemars qui l'assaillaient. Elle perdait l'appétit, souffrait de constipation, et personne ne pouvait se douter des tourments qu'elle endurait alors qu'elle faisait l'envie de toutes les filles de Kreshev.

Comme le fiancé était orphelin, son beau-père, reb Bunim, avait pris soin de lui offrir une garde-robe complète. Il commanda deux pelisses en peau de renard, une pour les jours de semaine et une pour le shabbat, deux caftans, un en soie et l'autre en satin, un manteau de drap, deux robes de chambre, plusieurs pantalons, un chapeau orné de treize pointes en fourrure et un châle de prière turc. Parmi les cadeaux, il y avait une boîte à épices en argent avec le mur des Lamentations gravé sur le couvercle, une boîte à cédrat dorée, un couteau à pain dont le manche était orné de nacre, une tabatière à couvercle d'ivoire, le Talmud relié en soie et un livre de prières relié en argent. À son dîner de célibataire, Shloimele prononça un très brillant discours. Il posa à son auditoire dix questions qui lui paraissaient, dit-il, absolument essentielles, et répondit à chacune d'une seule phrase. Après quoi, il entreprit de les retourner l'une après l'autre, afin de prouver

40

qu'il ne s'agissait pas vraiment de questions et que l'immense érudition dont il venait de faire preuve pouvait d'un seul coup se réduire à rien. Son auditoire, stupéfait, en resta sans voix.

Je ne m'étendrai pas trop sur la cérémonie elle-même. Il me suffira de vous dire que la foule dansa, chanta et sautilla comme cela se fait toujours à un mariage, surtout quand c'est l'homme le plus riche de la ville qui marie sa fille. Deux ou trois tailleurs et un cordonnier essayèrent de faire danser les serveuses, mais on les chassa. Plusieurs invités s'enivrèrent et se mirent à crier : « Shabbat ! Shabbat ! » D'autres entonnèrent des chansons en yiddish, qui commençaient par exemple par : « Que peut donc bien faire cuire un pauvre homme pour son dîner ? Du bortsch et des pommes de terre... » Les musiciens s'escrimaient sur leurs violons et leurs trompettes, faisaient claquer leurs cymbales, tapaient sur leurs tambours, soufflaient dans leurs flûtes. Des vieilles soulevèrent leurs jupes et leurs jupons et se mirent à danser, d'abord en se faisant face et en claquant des mains puis, quand leurs visages se touchaient presque, elles se tournaient le dos et s'éloignaient en prétendant être en colère. Les spectateurs riaient de bon cœur. Tout en protestant à cause de sa mauvaise santé — elle arrivait à peine à mettre un pied devant l'autre — Shifrah Tammar fut entraînée dans une danse cosaque, plus celle des oiseaux.

Comme à l'accoutumée dans un mariage, moi, le Mauvais d'entre les mauvais, je m'arrangeai pour qu'éclatent plusieurs scènes de jalousie, démonstrations de libertinage et autres. Quand des jeunes filles exécutèrent la danse de l'eau, elles relevèrent leurs jupes au-dessus des chevilles, comme si elles barbotaient dans la rivière, et ceux qui les regardaient ne purent s'empêcher de laisser leur imagination s'enflammer. L'amuseur des noces était si désireux de distraire son public qu'il chanta d'innombrables chansons d'amour, puis s'amusa à déformer le sens des Écritures en introduisant des grossièretés au milieu des phrases, comme cela se fait à Pourim. En entendant cela, les femmes applaudissaient et poussaient des petits cris de joie. Soudain, la fête fut interrompue par un hurlement. Une invitée venait de s'apercevoir que sa broche avait disparu et, du coup, elle s'évanouit. On chercha de tous les côtés, mais on ne retrouva pas le bijou. Un peu plus tard, nouvel affolement : une jeune fille s'exclama qu'un garçon l'avait piquée à la cuisse avec une épingle. Après cet incident, ce fut l'heure de la danse de la vertu, pendant laquelle Shifrah Tammar et les demoiselles d'honneur conduisirent Lise à la chambre nuptiale au rez-de-chaussée de la maison. Les rideaux étaient si soigneusement tirés qu'aucun rai de lumière n'y filtrait. En chemin, les femmes prodiguèrent à la jeune épouse des conseils sur la façon dont elle devrait se comporter, la prévenant qu'il ne faudrait pas avoir peur car le premier commandement nous ordonne de nous reproduire et de nous multiplier. Peu après, reb Bunim et un autre homme escortèrent le marié auprès de sa femme.

Eh bien, dans ce cas précis, je ne vais pas satisfaire votre curiosité et ne vous raconterai pas ce qui se passa dans la chambre nuptiale. Il me suffit de dire que lorsque Shifrah Tammar y pénétra le lendemain matin, elle trouva sa fille cachée sous l'édredon et trop honteuse pour lui parler. Shloimele était déjà debout et il avait regagné sa chambre à lui. Il fallut beaucoup cajoler Lise avant qu'elle permît à sa mère d'examiner les draps. Il y avait bien des traces de sang.

« *Mazel tov*, ma fille ! s'exclama Shifrah Tammar. Tu es maintenant une femme et tu partages avec nous la malédiction d'Ève. »

Et en pleurant, elle jeta ses bras autour du cou de Lise et l'embrassa.

VI

Une étrange conduite

Immédiatement après le mariage, reb Bunim partit dans la forêt s'occuper de ses affaires, et Shifrah Tammar retourna à son lit et à ses médicaments. À la maison d'étude, les jeunes avaient pensé qu'une fois marié Shloimele prendrait la tête d'une *yeshiva* et se consacrerait aux affaires de la communauté, ce qui aurait été logique pour un prodige tel que lui, gendre de surcroît d'un homme riche. Mais Shloimele ne fit rien de tel. Il se révéla être quelqu'un de casanier. Il semblait ne jamais pouvoir arriver à l'heure pour les prières du matin, et dès qu'on en était à « sur nous », il se précipitait vers la porte et rentrait chez lui. Il ne s'attardait jamais non plus après les prières du soir.

Les commères racontaient que Shloimele allait se coucher tout de suite après le dîner, et personne ne pouvait nier que les volets verts de la chambre restaient fermés jusque tard le matin. Il y avait aussi ce que disait la servante de reb Bunim. D'après elle, les jeunes mariés se comportaient de façon scandaleuse. Ils étaient tout le temps en train de se chuchoter des choses, de se confier des secrets, de feuilleter des livres ensemble, de se donner des surnoms bizarres. Ils mangeaient dans la même assiette, buvaient dans le même verre et se tenaient par la main à la manière des jeunes aristocrates polonais. Une fois, la servante avait vu Shloimele attacher Lise à l'aide d'une ceinture, comme s'il harnachait un cheval, puis la fouetter avec une brindille. Lise s'était prêtée au jeu en imitant le hennissement et le trot d'une jument. Une autre fois, ils avaient joué à un jeu où le vainqueur tirait les oreilles du vaincu. La servante jura que cette comédie stupide avait duré jusqu'à ce qu'ils aient eu tous les deux les oreilles toutes rouges.

Oui, ils s'aimaient, et leur passion ne faisait que croître chaque jour. Quand Shloimele partait à la prière, Lise se mettait à la fenêtre et le regardait disparaître, comme s'il s'en allait pour un long voyage. Dès qu'elle se rendait à la cuisine pour préparer un peu de soupe ou un plat de céréales, il la suivait, ou alors l'appelait en lui demandant de se dépêcher. Les jours de shabbat, elle oubliait de prier à la synagogue. Derrière la clôture qui séparait la partie réservée aux femmes, elle observait Shloimele, drapé dans son châle de prière, qui faisait ses dévotions face au mur de l'est. Et lui, à son tour, jetait des regards dans sa direction. Cette façon de se comporter suscitait bien des cancans, mais cela ne tourmentait nullement reb Bunim, très satisfait de constater à quel point sa fille et son gendre s'entendaient bien. Chaque fois qu'il rentrait de voyage, il leur apportait des cadeaux. Shifrah Tammar, elle, n'était pas du tout contente, loin de là. Elle n'approuvait pas ces manières excentriques de se conduire, ces mots doux chuchotés, ces baisers incessants et ces caresses. Rien de semblable ne s'était jamais produit dans la maison de son père, et elle n'avait jamais vu des gens normaux se comporter de la sorte. Elle en éprouvait de la honte et commença à rabrouer Lise et Shloimele. Elle ne tolérerait pas cela plus longtemps.

« Non, je ne peux plus le supporter ! se plaignait-elle. Cette seule idée me rend malade ! » Ou alors, elle s'exclamait soudain : « Même les gens de la noblesse polonaise ne se tiennent pas ainsi ! »

Mais Lise savait lui répondre, en érudite qu'elle était : « Jacob n'a-t-il pas eu le droit de manifester son amour pour Rachel ? Et Salomon n'a-t-il pas eu mille épouses ?

— Ne va pas oser te comparer à ces saints ! hurla Shifrah Tammar. Tu n'es même pas digne de prononcer leur nom ! »

En fait, dans sa jeunesse, Shifrah Tammar n'avait pas toujours observé très strictement les lois de la pureté, mais maintenant elle surveillait sa fille de près et l'accompagnait même au bain rituel pour vérifier qu'elle s'immergeait bien de la façon prescrite. De temps à autre, la mère et la fille se querellaient le vendredi soir parce que Lise allumait les bougies en retard. Après la cérémonie du mariage, on avait rasé la tête de la jeune épousée qui s'était mise à porter la coiffe en soie habituelle des femmes mariées, mais voilà que Shifrah Tammar découvrit qu'elle se laissait repousser les cheveux et aimait bien s'asseoir devant son miroir pour se peigner et se faire des boucles. Du coup, elle eut aussi des mots avec son gendre. Cela ne lui plaisait pas du tout qu'il aille si rarement à la maison d'étude et passe tellement de temps à se promener dans les prés et les vergers. Et puis, il se révélait être de plus en plus gourmand et extrêmement paresseux. Il réclamait tous les jours du cou farci et des beignets et demandait à Lise d'ajouter du miel dans son lait. Comme si cela ne suffisait pas, il se faisait monter dans sa chambre de la compote de prunes, des petits gâteaux, du jus de cerise ou de raisin. Et quand le couple se retirait pour la nuit, Lise verrouillait la porte, après quoi on entendait des rires. Une fois, Shifrah Tammar crut que les jeunes mariés couraient pieds nus sur le plancher, du plâtre tomba du plafond, le lustre trembla. Elle dut envoyer une servante frapper et leur dire de se tenir tranquilles.

Elle souhaitait voir Lise vite devenir enceinte et avoir à endurer les souffrances de l'enfantement. Elle espérait qu'une fois mère Lise serait si occupée avec son bébé, à lui changer ses couches et à le soigner s'il tombait malade, qu'elle en oublierait toutes ces bêtises. Mais les mois passaient et rien ne se produisit. Le visage de la jeune femme s'émaciait, ses yeux brûlaient d'un feu étrange. On chuchotait à Kreshev que le couple étudiait la kabbale.

« C'est très inhabituel, disaient tout bas les gens, il se passe vraiment quelque chose de bizarre. »

Et les vieilles femmes assises sur le pas de leur porte, en train de raccommoder des chaussettes ou de filer, avaient tout le temps un excellent sujet de conversation. Même à moitié sourdes, elles tendaient l'oreille et secouaient la tête avec indignation.

VII
Secrets d'alcôve

Il est maintenant temps de révéler les secrets de la chambre à coucher. Il existe des êtres à qui la satisfaction de leurs désirs ne suffit pas. Ils ont besoin en plus de prononcer toutes sortes de paroles inutiles et de se vautrer par la pensée dans la luxure. Ceux qui suivent cette voie détestable s'enfoncent inévitablement dans la mélancolie et franchissent les Quarante-Neuf Portes de l'impureté. Les sages ont de tout temps dit que chacun sait pourquoi une jeune fille vient prendre place sous le dais nuptial, mais que celui qui profane l'acte conjugal par des paroles obscènes perd sa place dans le monde à venir. Shloimele, si astucieux, si cultivé et érudit en matière de philosophie, se préoccupait de plus en plus des rapports « toi-moi ». Par exemple, alors qu'il était en train de caresser sa femme, il lui demandait brusquement : « Suppose que tu aies choisi ce garçon de Lublin plutôt que moi, crois-tu que tu serais au lit avec lui en cet instant précis ? » De telles remarques choquaient Lise, du moins au début, et elle répliquait : « Mais je ne l'ai pas choisi, c'est toi que j'ai préféré. » Shloimele ne se contentait pas de ce genre de réponse, il insistait et posait des questions de plus en plus osées, jusqu'à ce que la jeune fille fût bien forcée d'admettre qu'effectivement, si elle avait fixé son choix sur le prétendant de Lublin, elle serait sans l'ombre d'un doute couchée à cette même heure entre ses bras et non ceux de Shloimele. Comme si cela ne suffisait pas, il la harcelait pour savoir ce qu'elle ferait s'il venait à mourir. « Dis-moi, interrogeait-il, te remarierais-tu ? » « Non, non », s'exclamait Lise, elle ne pourrait s'intéresser à aucun autre homme. Alors, Shloimele, plein de ruse, démolissait l'un après l'autre chacun de ses arguments.

« Écoute, tu es jeune et jolie. Le marieur viendrait chez toi et t'inonderait de propositions. Ton père ne voudrait pas que tu restes seule. Si bien qu'on dresserait un autre dais nuptial et qu'on célébrerait un autre mariage, et tu te retrouverais dans un autre lit. »

Cela ne servait à rien que Lise le supplie de ne pas parler ainsi car elle trouvait ce genre de conversation très pénible, et en outre sans objet, étant donné qu'il est impossible de prévoir l'avenir. Mais peu importe ce qu'elle pouvait dire, Shloimele n'en continuait pas moins à tenir des propos impies, car cela stimulait son plaisir, et ce fut bientôt le cas pour Lise aussi. Ils passaient la moitié de leurs nuits à se chuchoter des questions et des réponses et à discuter de problèmes impossibles à résoudre. Par exemple, lui voulait savoir ce qu'elle ferait si elle se retrouvait naufragée sur une île déserte toute seule avec le capitaine, ou comment elle se comporterait au milieu de sauvages d'Afrique. En supposant que des eunuques la capturent et la conduisent dans le harem d'un sultan, que se passerait-il ensuite ? Et si elle était la reine Esther, face au roi Assuérus ? Tout cela ne reflétait qu'un aspect de l'imagination débordante de Shloimele. Parce que Lise lui reprochait de se préoccuper trop de sujets frivoles, il entreprit d'étudier la kabbale avec elle, en particulier ce qui touche aux secrets de l'intimité entre un homme et une femme et à la vie conjugale. Ils trouvèrent dans la maison de reb Bunim des livres comme *L'Arbre de Vie*, *L'Ange Raziel*, d'autres encore, et Shloimele racontait à Lise comment Jacob, Rachel, Leah, Bilhah et Zilpah s'accouplent dans l'autre monde, face à face, puis dos à dos, de même que notre saint père et notre sainte mère, et les mots employés dans les livres pour dire tout cela étaient parfaitement obscènes.

Comme si cela ne suffisait pas, Shloimele commença à révéler à Lise les pouvoirs que possèdent les esprits du mal. Ce ne sont pas seulement des démons, des lutins, des fantômes ou des harpies, disait-il, ils règnent aussi dans des sphères célestes, comme par exemple Nogah, mélange de sainteté et d'impureté. Shloimele avançait des soi-disant preuves selon lesquelles le Malin est en relation avec le monde des émanations et, de cela, on pouvait déduire que Dieu et Satan sont de force égale, et qu'ils se livrent un incessant combat dont ni l'un ni l'autre ne peut sortir vainqueur. Il prétendait aussi que le péché n'existe pas, puisqu'un péché peut être petit ou grand, au point de devenir même considérable. Il affirma à Lise qu'il est préférable de pécher avec ferveur plutôt que de commettre une bonne action sans enthousiasme. D'ailleurs, le oui et le non, l'obscurité et la lumière, la droite et la gauche, le ciel et l'enfer, la sainteté et la déchéance sont tous des images de la divinité, et peu importe où l'on tombe, on reste toujours dans l'ombre du Tout-Puissant, car en dehors de son éclat, rien n'existe.

Shloimele affirmait tout cela de façon si convaincante et étayait ses arguments à l'aide de tant d'exemples que c'était plaisir de l'écouter. Lise avait une telle soif de sa compagnie et des révélations qu'il lui faisait qu'elle ne pouvait plus se passer de lui. Par moments, elle savait bien qu'il l'éloignait du chemin de la vertu.

Ses paroles la terrifiaient, et elle ne se sentait plus maîtresse d'elle-même. Son âme se retrouvait captive, et elle ne pensait plus que ce qu'il voulait lui faire penser. Il lui manquait la volonté de s'opposer à lui. « J'irai où il m'entraînera, tant pis pour ce qui peut arriver. » Il eut bientôt une telle emprise sur elle qu'elle lui obéissait en tout. Et il l'avait complètement en son pouvoir. Il lui ordonnait de se déshabiller entièrement devant lui, de marcher à quatre pattes comme un animal, de danser et de chanter des mélodies qu'il composait moitié en hébreu, moitié en yiddish, et elle disait toujours oui.

Il devenait évident que Shloimele était un disciple secret de Sabbatai Zvi. Car même si ce faux Messie était mort depuis longtemps, ses adeptes perpétuaient son culte en secret dans de nombreuses régions. Ils se réunissaient sur les marchés, pendant les foires, se reconnaissaient grâce à des signes connus d'eux seuls, échappant ainsi à la colère des autres Juifs qui les auraient aussitôt excommuniés. De nombreux rabbins, des maîtres d'école, des sacrificateurs, personnages en apparence respectables, appartenaient à cette secte. Certains se faisaient passer pour des thaumaturges, qui allaient de ville en ville, distribuant des amulettes à l'intérieur desquelles ils avaient introduit, non pas le saint nom de Dieu, mais celui d'un chien ou d'un esprit du mal, Lilith, Asmodée, ou même celui de Sabbatai Zvi lui-même. Tout cela était accompli avec une telle adresse que seuls les adeptes pouvaient s'en apercevoir. Cela leur procurait une vive satisfaction de tromper les gens pieux et de semer le désordre partout. Ainsi, un jour, un disciple de Sabbatai Zvi arriva dans un village et annonça qu'il était guérisseur. Aussitôt, une foule accourut, avec des bouts de papier sur lesquels chacun avait inscrit ses demandes de conseils, ses problèmes et ses souhaits. Avant de quitter les lieux, le faux faiseur de miracles joua à tous un bon tour en les éparpillant sur la place du marché, où les voyous s'en emparèrent, causant ainsi bien du tort à beaucoup. Un autre membre de la secte, un scribe, introduisit dans des phylactères de la poussière et de la crotte de chèvre, là où l'on doit glisser un parchemin sur lequel est inscrit un texte sacré. Le sien enjoignait à celui qui mettrait ces phylactères de lécher le cul de son voisin. D'autres encore s'infligeaient des tortures, se baignaient dans de l'eau glacée, se roulaient dans la neige en plein hiver, mangeaient du lierre vénéneux en été et jeûnaient d'un shabbat à l'autre. Ils étaient aussi dépravés que les autres, car ils essayaient de profaner les principes de la Torah et de la kabbale, et chacun à sa manière rendait hommage aux forces du mal. Shloimele était donc l'un d'entre eux.

VIII
Shloimele et Mendel le cocher

Un jour, Shifrah Tammar, la mère de Lise, mourut. Une fois les Sept Jours de deuil passés, reb Bunim retourna à ses affaires, et Lise et Shloimele se retrouvèrent livrés à eux-mêmes. Dans son exploitation forestière de Wolhynie, reb Bunim avait des chevaux et des bœufs dont s'occupaient des paysans, et il n'y emmena donc pas Mendel le cocher, qui resta à Kreshev. C'était l'été, et le jeune couple allait souvent faire un tour à travers la campagne dans la voiture que conduisait Mendel. Si Lise avait à faire à la maison, les deux hommes sortaient ensemble. L'odeur tonifiante des pins revigorait Shloimele. Il aimait se baigner dans la rivière, et Mendel prenait soin de lui après lui avoir indiqué des endroits peu profonds, car un jour, il ne fallait pas l'oublier, Shloimele deviendrait le maître de toute la propriété.

Ils devinrent ainsi très amis. Mendel avait presque deux têtes de plus que Shloimele, et ce dernier admirait tout ce que son cocher savait faire : nager sur le ventre ou sur le dos, attraper un poisson à mains nues, grimper jusqu'au sommet des arbres les plus hauts de la berge. Shloimele avait peur d'une simple vache, mais Mendel donnait la chasse à tout un troupeau et ne craignait pas les taureaux. Il se vantait aussi d'être capable de passer une nuit entière dans un cimetière et prétendait être venu à bout d'ours et de loups venus l'attaquer. Il affirmait avoir eu raison d'un bandit de grand chemin ayant osé s'en prendre à lui. En outre, il savait jouer quantité d'airs au pipeau, imiter l'appel du corbeau, les coups de bec du pivert, le meuglement des vaches, le bêlement des moutons, le miaulement du chat et le chant du grillon. Ses jeux de mots amusaient Shloimele, qui aimait sa compagnie. Il avait promis à son jeune maître de lui apprendre à monter à cheval. Même Lise, qui auparavant ignorait Mendel, le traitait maintenant avec amabilité. Quand elle l'envoyait faire des courses pour elle, elle le remerciait en lui offrant du gâteau au miel et de la liqueur, car elle avait bon cœur.

Un jour où les deux jeunes gens se baignaient dans la rivière, Shloimele observa le corps de Mendel et fut frappé par sa séduisante virilité. Ses longues jambes, ses hanches étroites, sa large poitrine, tout en lui exprimait la force. Après s'être rhabillés, ils conversèrent un moment, et

Mendel se vanta sans retenue de ses succès auprès des paysannes, énumérant les femmes qu'il avait séduites dans les villages des environs et les bâtards qu'il avait engendrés. Il nomma au nombre de ses maîtresses des aristocrates, des bourgeoises de la ville et des prostituées. Shloimele ne mit rien en doute dans ce récit. Quand il demanda à Mendel s'il ne craignait pas un juste châtiment, celui-ci rétorqua en lui demandant ce qu'on pouvait bien faire à un cadavre. Il ne croyait pas à une vie après la mort et poursuivit en proférant d'autres blasphèmes encore. Puis il esquissa une moue, poussa un sifflet strident et se mit à grimper avec agilité dans un arbre, faisant dégringoler au passage des pommes de pin et des nids d'oiseaux. En même temps, il rugissait comme un lion avec une telle force que le bruit se répercutait très loin, au point qu'on aurait pu croire que des centaines de démons lui faisaient écho.

Ce soir-là, Shloimele raconta à Lise ce qui s'était passé. Ils en discutèrent ensemble jusqu'à se sentir tous deux envahis par le désir. Mais Shloimele n'était pas en mesure de satisfaire sa femme. Son ardeur était supérieure à sa puissance, et ils durent se contenter d'échanger des paroles osées. Soudain, le jeune homme n'y tint plus.

« Dis-moi la vérité, Lise, mon amour. Aimerais-tu te retrouver au lit avec le cocher ?

— Dieu nous préserve ! Que signifie cette horrible question ? répondit-elle. As-tu perdu l'esprit ?

— Eh bien, il est fort, il est beau, les filles en sont folles...

— Honte à toi ! cria Lise. Tu souilles ta bouche en disant cela !

— J'aime la souillure, s'écria Shloimele, le regard en feu. Je vais parcourir tout le chemin qui me sépare de Satan.

— Shloimele, j'ai peur pour toi, dit Lise après un long silence. Tu tombes de plus en plus bas.

— Il faut tout oser ! poursuivit-il, les genoux tremblants. Puisque notre génération ne peut pas être entièrement pure, alors qu'elle devienne entièrement impure ! »

Lise se recroquevilla sur elle-même et se tut. On n'aurait pas su dire si elle dormait ou si elle réfléchissait.

« Tu parlais sérieusement ? finit-elle par demander d'une voix étouffée.

— Oui, très sérieusement.

— Et ça ne te fâcherait pas ?

— Non. Si cela te procurait du plaisir, j'en serais même content. Tu pourrais me raconter après.

— Tu es un impie ! s'écria-t-elle. Un hérétique !

— Eh bien, oui ! Élisée, fils d'Abiah, en était un aussi. Quiconque regarde la vigne doit en supporter les conséquences.

— Tu as toujours une citation du Talmud pour répondre à tout. Attention, Shloimele ! Prends garde ! Tu joues avec le feu !

— J'aime le feu ! J'adorerais voir un holocauste ! J'aimerais que toute la ville s'embrase et qu'Asmodée prenne le pouvoir.

— Arrête ! s'exclama Lise. Ou j'appelle au secours !

— Que crains-tu donc, petite folle ? répondit Shloimele d'un ton rassurant. Penser, ce n'est pas agir. J'étudie avec toi, je te révèle les secrets de la Torah, et tu restes si naïve. Pourquoi crois-tu que Dieu a ordonné à Osée d'épouser une prostituée ? Pourquoi le roi David a-t-il pris Bethsabée à Urie le Hittite et Abigail à Nabal ? Pourquoi, dans sa vieillesse, a-t-il demandé qu'on lui amène Abishag de Shunem ? Les Anciens les plus vénérables pratiquaient l'adultère. Le péché est purificateur ! Ah, Lise, mon amour, j'aimerais que tu obéisses à chacun de tes caprices, je ne pense qu'à ton bonheur... Même quand je te guide vers l'abîme ! »

Et il l'enlaça, la caressa, l'embrassa. Lise, épuisée, était confondue par sa rhétorique. Le lit sous elle vibrait, les murs tremblaient, et il lui sembla qu'elle se balançait déjà dans le filet que moi, le prince des ténèbres, j'avais tendu pour la recevoir.

IX
Adonias, fils de Haggit

D'étranges événements se produisirent. D'ordinaire, Lise ne prêtait guère attention au cocher quand elle le rencontrait, et de fait, ils ne se voyaient pas souvent. Or, depuis le jour où Shloimele en avait parlé, voilà qu'elle semblait tomber sur lui partout. Si elle allait à la cuisine, il y était, en train de taquiner la servante. Dès qu'entrait Lise, il se taisait. Bientôt, elle le vit sans arrêt, dans la grange ou à cheval, en train de se diriger vers la rivière. Droit comme un Cosaque, il montait sans selle ni bride. Un jour qu'elle avait besoin d'eau et ne trouvait la servante nulle part, elle prit une cruche et se dirigea vers le puits. Soudain, comme surgi du sol, Mendel le cocher apparut pour l'aider à remonter le seau. Un soir où elle se promenait dans la prairie — Shloimele se trouvait pour une fois à la maison d'étude —, le vieux bouc de la communauté s'approcha d'elle. Elle essaya de l'éviter, mais quand elle obliqua vers la droite, il lui bloqua le chemin. Elle tourna alors à gauche, et aussitôt il bondit dans la même direction. Puis il baissa la tête et pointa ses cornes vers elle comme s'il allait l'attaquer. Brusquement, il se dressa sur ses pattes de derrière et posa ses pattes de devant sur elle. Ses yeux injectés de sang flamboyaient. On aurait dit qu'il était possédé. Lise se débattit, voulut se dégager, mais il était plus fort qu'elle et faillit la renverser. Elle hurla et se sentait sur le point de s'évanouir quand elle entendit un sifflement et le claquement d'un fouet. C'était Mendel qui, voyant ce qui se passait, frappait le bouc à l'échine, si fort que la longue lanière de cuir la lui brisa presque. L'animal s'enfuit, en poussant un bêlement étranglé, de toute la vitesse de ses pattes hérissées de touffes de poils en broussaille. Lise en resta comme pétrifiée. Un long moment, elle dévisagea Mendel sans dire un mot. Puis elle se secoua, comme si elle se réveillait d'un cauchemar, et dit : « Merci beaucoup.

— Quel idiot, ce bouc ! s'exclama le cocher. Si je remets la main sur lui, je lui arrache les entrailles.

— Qu'est-ce qu'il voulait ?

— Qui sait ? Ça arrive, qu'un bouc attaque une personne. Mais c'est toujours une femme jamais un homme.

— Pourquoi ? Voyons, c'est une plaisanterie.

« — Non, je suis sérieux. Dans un village où je suis allé avec mon maître, il y en avait un qui guettait les femmes à la sortie du bain rituel et les attaquait. Les gens ont demandé au rabbin ce qu'il fallait faire, et il a ordonné qu'on l'abatte...

— Vraiment ? Mais pourquoi le tuer ?

— Pour qu'il n'essaye plus d'encorner les femmes. »

Lise le remercia encore et se dit que c'était vraiment miracle qu'il soit arrivé au bon moment. En culotte de cheval et bottes luisantes, son fouet à la main, le jeune homme la dévisageait avec insolence, d'un air entendu. Elle ne savait pas trop si elle devait continuer sa promenade ou retourner à la maison. À présent, elle avait peur du bouc et imaginait qu'il allait vouloir se venger. Comme s'il lisait dans ses pensées, Mendel offrit de l'accompagner et de la protéger, en marchant juste derrière elle. Au bout d'un moment, elle décida de rentrer. Son visage était en feu. Elle sentait le regard de Mendel posé sur elle et en trébuchait d'émotion. Des étincelles dansaient devant ses yeux.

Plus tard, quand Shloimele arriva, Lise eut envie de tout lui raconter, mais elle se contint. Ce n'est qu'après avoir éteint la lumière, ce soir-là, qu'elle lui dit ce qui s'était passé. Absolument stupéfait, il la questionna en détail. Il l'embrassait et la caressait, et l'incident semblait

beaucoup lui plaire. Soudain, il s'exclama :
« Ce sacré bouc te désirait. » Lise demanda :
« Mais comment un bouc pourrait-il désirer
une femme ? » Shloimele lui expliqua qu'une
beauté aussi grande que la sienne pouvait exci-
ter un animal. Il loua ensuite le cocher pour sa
bravoure et fit valoir que son arrivée juste au
bon moment n'était sûrement pas due au ha-
sard. Mendel avait voulu manifester son amour,
il était sûrement prêt à traverser les flammes
pour elle. Quand Lise demanda comment il savait cela, Shloimele promit de lui révéler un secret. Prenant une de ses mains, il la lui fit poser
sur sa cuisse, selon une ancienne coutume, en
la suppliant de ne jamais répéter un mot de ce
qu'il allait lui dire.

Elle le fit, et il commença : « Toi et le cocher,
vous êtes des réincarnations et descendez de la
même source spirituelle. Toi, Lise, dans ta pre-
mière existence, tu étais Abishag de Shunem,
et Mendel était Adonias, fils de Haggit. Comme
il te désirait, il envoya Bethsabée au roi Salomon, afin de lui demander que celui-ci re-
nonce à toi et te donne à lui pour femme. Mais
comme, selon la Loi, tu étais veuve de David, la
demande d'Adonias était punissable de mort,
et même les Cornes de l'Autel ne pouvaient pas
le protéger. On l'emmena donc et on le tua.
Toutefois, la Loi s'applique au corps, pas à
l'âme. Ainsi, quand une âme en désire une

autre, les cieux décrètent qu'aucune des deux ne peut trouver la paix tant que ce désir n'a pas été comblé. Il est écrit que le Messie ne viendra pas avant que toutes les passions aient été satisfaites. C'est à cause de cela que toutes les générations précédant la venue du Messie seront complètement impures ! Et quand une âme ne peut pas assouvir son envie dans une existence, elle se réincarne sans cesse, et c'est ce qui vous arrive à tous les deux. Cela fait près de trois mille ans que ton âme et celle de Mendel errent, nues, sans pouvoir pénétrer dans le Monde des Émanations d'où elles sont issues. Les forces de Satan n'ont pas permis que vous vous rencontriez, car alors la rédemption serait proche. Il se trouve que, lorsque Mendel était un prince, tu étais une servante, et lorsque tu étais une princesse, il était esclave. En outre, des océans vous séparaient, et il voulut te rejoindre. Le Démon déchaîna une tempête, et son bateau coula. Il y avait encore d'autres obstacles, et votre peine était immense. Maintenant, vous vous trouvez dans la même maison, mais comme c'est un illettré, tu l'ignores. En réalité, des esprits saints habitent votre corps, ils gémissent dans le noir, ils veulent s'unir. Tu es une femme mariée, parce qu'une certaine purification ne peut se réaliser qu'à travers l'adultère. Ainsi, Jacob forniqua avec deux sœurs, et Juda coucha avec Tamar, sa belle-fille. Reuben viola la couche de Bilha, la concubine de son père. Josias, lui, prit femme dans un bordel, et d'autres en firent autant. Et sache aussi que le bouc n'était pas un animal ordinaire, mais un démon, et si Mendel n'avait pas surgi au bon moment, cette sale bête, Dieu nous en préserve, t'aurait mise à mal. »

Quand Lise s'enquit de savoir si lui, Shloimele, était aussi une réincarnation, il répondit que oui, le roi Salomon, revenu sur terre pour annuler les erreurs de sa vie précédente. Parce qu'il avait péché en faisant exécuter Adonias, il ne pouvait pas pénétrer dans le palais qui lui était réservé au ciel. Lise demanda ce qui se passerait quand cette faute serait réparée, s'il faudrait qu'ils quittent tous la terre. Shloimele répondit qu'ils auraient, elle et lui, encore une longue vie ensemble, mais il ne dit rien de l'avenir de Mendel, laissant seulement entendre que le séjour du jeune homme sur terre serait court. Il déclarait tout cela avec la ferme assurance d'un kabbaliste, pour qui aucun secret ne peut rester inviolé.

Quand Lise l'entendit, un frisson la secoua, puis elle resta comme paralysée. Elle qui connaissait bien les Écritures avait souvent éprouvé de la pitié pour Adonias, qui convoitait la concubine de son père, voulait être roi lui-même et paya sa révolte de sa tête. Plus d'une fois, elle avait pleuré de pitié en lisant ce chapitre dans le Livre des Rois. Elle compatissait aussi au sort d'Abishag de Shunem, la plus belle fille de la terre d'Israël, condamnée à rester veuve pour le restant de ses jours, bien que le roi ne l'eût pas connue charnellement. Quelle révélation c'était pour elle de se savoir en réalité Abishag de Shunem, alors que l'âme d'Adonias habitait le corps de Mendel !

Soudain, elle réalisa que Mendel ressemblait en effet à Adonias tel qu'elle l'avait toujours imaginé et elle trouva cela très étonnant. Elle comprenait maintenant pourquoi ses yeux étaient si noirs, avec un regard si étrange, et ses cheveux si épais, pourquoi il l'évitait tout en la dévisageant avec une telle expression de désir et restait toujours un peu à l'écart des gens. Elle se mit à imaginer qu'elle se souvenait de sa vie antérieure, celle où elle était Abishag de Shunem, qui voyait Adonias passer sur son char devant le palais, précédé de cinquante coureurs. Bien qu'elle fût alors au service du roi Salomon, elle ressentait le désir ardent de se donner à Adonias... On aurait dit que les explications de Shloimele venaient de lui donner la clé d'une énigme très ancienne et de secrets d'un lointain passé.

Cette nuit-là, le couple ne dormit pas. Étendus l'un près de l'autre, Lise et Shloimele discutèrent paisiblement jusqu'au matin. Elle posait des questions, et il y répondait de la façon la plus convaincante, si bien qu'elle le croyait, en toute innocence. Mes sujets, c'est connu, ont la parole facile. Même un kabbaliste se serait laissé abuser jusqu'à croire que c'est Dieu lui-même qui s'exprimait, et aussi que le prophète Élie s'était révélé à Shloimele. Ce dernier s'excitait de plus en plus, au point de se tourner et se retourner dans le lit. Il claquait des dents, comme lorsqu'on a la fièvre, et la sueur lui ruisselait sur tout le corps. Quand Lise comprit ce qu'elle était destinée à accomplir — il fallait obéir à Shloimele —, elle se mit à pleurer des larmes amères dont elle trempa son oreiller. Shloimele la réconforta, la caressa et lui révéla les secrets les mieux cachés de la kabbale. À l'aube, elle était exténuée, sans aucune force, plus morte que vive. Et c'est ainsi qu'un faux kabbaliste, disciple de Sabbatai Zvi, réussit à corrompre par ses paroles une chaste jeune femme et lui fit quitter le chemin de la vertu.

À dire vrai, Shloimele, le misérable, avait monté cette invraisemblable histoire uniquement pour satisfaire ses passions mauvaises. À force de trop penser, il était devenu pervers. Il se réjouissait de tout ce qui faisait atrocement souffrir les autres. Un excès de sensualité l'avait rendu impuissant. Ceux qui connaissent bien la complexité de la nature humaine savent que la joie et la douleur, la laideur et la beauté, l'amour et la haine, la pitié et la cruauté et autres émotions contradictoires sont souvent intimement mêlées, et qu'on ne peut guère les séparer l'une de l'autre. C'est ainsi que je réussis à détourner les êtres de leur Créateur et même à les détruire jusque dans leur corps, tout cela au nom d'une cause imaginaire...

X
Le repentir

Cet été-là fut chaud et sec. Les moissonneurs chantaient devant leur maigre récolte, comme pour se donner du courage. Les épis n'avaient guère gonflé, ils restaient rabougris. Je fis venir des sauterelles et des oiseaux depuis l'autre rive du San, et ils dévorèrent tout. Beaucoup de vaches cessèrent de donner du lait, probablement parce qu'on leur jetait des sorts. Au village de Lukoff, pas très loin de Kreshev, on vit une sorcière au milieu de son cercle, chevauchant un balai. Devant elle courait une créature à tignasse noirâtre, couverte de poils et pourvue d'une queue. Les meuniers se plaignaient que les lutins répandaient des crottes de diable dans la farine. Un paysan qui s'occupait de ses chevaux, un soir, près des marais, vit passer dans le ciel un être couronné d'épines. Les chrétiens considérèrent cela comme un présage, annonçant la prochaine fin du monde.

On était au mois d'Elul. Un champignon s'attaqua aux feuilles des arbres, qui se détachaient des branches et s'en allaient tourbillonner au vent. La chaleur du soleil se mêlait aux brises fraîches venues de la mer de Glace. Les oiseaux migrateurs, prêts à partir pour des terres lointaines, se rassemblaient sur le toit de la synagogue, pépiaient, chantaient et discutaient dans leur langue. Des chauves-souris fendaient l'air, le soir venu, et les jeunes filles n'osaient plus sortir de chez elles, car si une de ces bêtes s'accroche dans vos cheveux, vous ne verrez pas la fin de l'année. Comme d'habitude, à cette saison, mes disciples, les Ombres, commencèrent à sévir. Des enfants attrapèrent la rougeole, la varicelle, le faux croup, de la diarrhée, des boutons. Les mères avaient beau prendre les mesures de protection habituelles et allumer des bougies, les petits mouraient. À la maison de prière, on soufflait plusieurs fois par jour dans la corne du bélier, dans l'espoir de me faire fuir, car je suis censé croire, dès que je l'entends, que le Messie arrive et que Dieu, loué soit son nom, se prépare à me détruire. Mais j'ai les oreilles encore assez fines pour distinguer entre le bruit du Grand Shofar et celui de Kreshev...

Vous voyez donc que je demeurais aux aguets, prêt à offrir aux habitants de la petite ville une fête qu'ils n'oublieraient pas de sitôt.

C'était un lundi matin, pendant l'office. La synagogue était bondée. Le bedeau se préparait à sortir les rouleaux de la Torah. Il venait d'écarter le rideau devant l'Arche Sainte et d'ouvrir la porte, quand brusquement, l'assemblée fut en émoi. Shloimele venait de faire irruption et son aspect était pour le moins surprenant. Il portait un caftan en loques, la doublure en lambeaux et les revers déchirés comme s'il était en deuil. Il était en chaussettes, comme au neuvième jour d'Av, et avait une corde autour de la taille en guise de ceinture. Il était blême, la barbe en désordre, les papillotes mal peignées. Les fidèles n'en croyaient pas leurs yeux. Il se dirigea d'un pas rapide vers l'aiguière en cuivre et se purifia les mains. Puis il s'approcha du lutrin, le frappa du poing et s'écria d'une voix tremblante : « Écoutez tous ! J'apporte de mauvaises nouvelles ! Il est arrivé quelque chose de terrible. » Dans la synagogue brusquement silencieuse, on entendait crépiter la flamme des bougies. Comme dans une forêt juste avant l'orage, un murmure parcourut la foule. Chacun voulut s'approcher. Des livres de prières tombèrent à terre, et personne ne se soucia de les ramasser. Des jeunes grimpaient sur les bancs et les tables sur lesquelles étaient posés les textes sacrés, mais nul ne protesta. Dans la section des femmes, on entendit le bruit d'une bousculade, toutes se pressaient contre la grille pour essayer de voir ce qui se passait chez les hommes.

Le vieux rabbin, reb Ozer, était encore de ce monde et il gouvernait ses ouailles d'une main de fer. Bien qu'il n'eût aucun désir d'interrompre le service, il se détourna du mur de l'est où il était en train de prier, avec son châle et ses phylactères, et s'écria d'une voix courroucée : « Que voulez-vous ? Parlez !

— Je suis un hérétique ! Un pécheur qui a incité les autres à pécher, comme Jéroboam, fils de Nebat ! s'exclama Shloimele en se frappant la poitrine du poing. Sachez que j'ai forcé ma femme à commettre l'adultère. Je vous avoue tout, je mets mon âme à nu ! »

Il ne parlait pas très fort, mais sa voix résonnait comme si la synagogue avait été vide. Une sorte de rire s'éleva du côté des femmes, qui se changea en une longue plainte, semblable à celles qu'on entend le soir d'avant Yom Kippour. Les hommes restaient pétrifiés. Beaucoup pensaient que Shloimele avait perdu la raison. Mais certains avaient déjà entendu dire des choses. Au bout de quelques instants, reb Ozer, qui soupçonnait depuis longtemps que Shloimele était un adepte clandestin de Sabbatai Zvi, ôta le châle de prière de sa tête d'une main tremblante et le drapa autour de ses épaules. Son visage, entre les touffes blanches de sa barbe et de ses papillotes, était devenu cireux.

« Qu'avez-vous fait ? demanda-t-il d'une voix terrible. Avec qui votre femme a-t-elle commis l'adultère ?

— Avec le cocher de mon beau-père... Mendel... Tout est de ma faute... Elle ne voulait pas le faire, mais je l'ai persuadée...

— Vous ? »

Reb Ozer semblait prêt à se jeter sur Shloimele.

« Oui... Moi... »

Le vieux rabbin tendit le bras pour attraper une prise, comme pour rasséréner son esprit défaillant, mais sa main tremblait, et le tabac s'échappa d'entre ses doigts. Les jambes flageolantes, il dut s'appuyer contre un banc.

« Pourquoi avez-vous fait cela ? demanda-t-il faiblement.

— Je ne sais pas... Quelque chose m'a poussé », s'exclama Shloimele, et sa silhouette chétive sembla se ratatiner encore. « J'ai commis une grave erreur ! Une grave erreur !

— Une erreur ? » demanda reb Ozer en soulevant une paupière.

On aurait dit que cet œil exprimait une dérision qui n'était pas de ce monde.

« Oui, une erreur ! dit Shloimele, l'air hagard.

— *Oï, vei !* Juifs, un feu brûle, un feu venu de la Géhenne ! » s'exclama soudain un homme à barbe noire comme de la poix et aux papillotes en désordre. « C'est à cause d'eux que nos enfants meurent ! Des innocents qui ignorent tout du péché ! »

Dès que le mot « enfant » fut prononcé, des lamentations s'élevèrent du côté des femmes. C'étaient les mères, qui pleuraient la mort de leurs petits.

Kreshev n'étant guère qu'un village, la nouvelle se répandit vite, et une grande agitation s'ensuivit. Les femmes se mêlèrent aux hommes, des phylactères tombèrent par terre, des châles de prière furent arrachés. Quand la foule se calma, Shloimele reprit sa confession. Il raconta comment il avait rejoint, très jeune encore, les adeptes de Sabbatai Zvi, comment il avait étudié avec eux, comment on lui avait enseigné qu'une extrême dégradation conduit à la plus grande sainteté, et que plus le crime est odieux, plus le jour de la rédemption approche.

« Je suis un ennemi d'Israël, un traître ! gémit-il. Un hérétique, un pervers, un débauché ! J'ai secrètement profané le shabbat, j'ai mangé des laitages avec de la viande, négligé de dire les prières, souillé mes livres pieux, je me suis adonné à toutes sortes de vices... J'ai obligé ma propre femme à commettre l'adultère ! Je lui ai fait croire que ce crétin de Mendel était en réalité Adonias, fils de Haggit, et elle, Abishag de Shunem, et qu'ils ne trouveraient le salut qu'en s'unissant l'un à l'autre !

Je l'ai même convaincue que, si elle péchait, elle commettrait une bonne action ! J'ai trahi, j'ai été infidèle, j'ai tenu des propos abjects, j'ai incité au vice, j'ai été présomptueux, j'ai conseillé le mal ! »

Il criait de toute la force de sa voix aiguë et se frappait la poitrine.

« Crachez sur moi, Juifs ! Fouettez-moi ! Mettez-moi en pièces ! Jugez-moi ! Que je paye mes péchés de ma mort !

— Juifs, je ne suis plus le rabbin de Kreshev, mais celui de Sodome ! s'exclama reb Ozer. De Sodome et de Gomorrhe !

— *Oï !* Satan danse à Kreshev ! » gémit l'homme à la barbe noire en se prenant la tête à deux mains. « Satan le destructeur ! »

Il avait raison. Ce jour-là et la nuit qui suivit, je régnai sur la ville. Personne ne pria, personne n'étudia, on ne souffla pas dans la corne du bélier. Les grenouilles dans les marais coassaient : « Impur ! Impur ! Impur ! » Des vols de corbeaux annonçaient de sinistres nouvelles. Le bouc de la communauté devint fou et attaqua une ménagère qui revenait du bain rituel. Dans chaque cheminée logeait un démon. Par la bouche de chaque femme, un diable s'exprimait. Lise était encore couchée quand la foule envahit sa maison. Après avoir brisé les fenêtres à coups de pierres, elle se rua dans sa chambre. En voyant cela, Lise devint blanche comme le drap qui la recouvrait. Elle demanda qu'on la laisse se vêtir, mais ses assaillants la sortirent du lit et déchirèrent sa chemise de soie. Pieds nus, en haillons, la tête découverte, on l'entraîna jusque chez le rabbin. Mendel rentrait au même moment d'un village où il venait de passer quelques jours. Avant même d'avoir eu le temps de comprendre ce qui arrivait, il fut pris à partie par les garçons bouchers, ligoté, sauvagement battu et jeté dans la prison de la communauté, à l'entrée de la synagogue. Comme Shloimele avait volontairement confessé ses péchés, il s'en tira avec quelques gifles. Toutefois, il demanda à pouvoir se coucher sur le seuil de la maison d'étude et voulut que chacun, en entrant ou en sortant, crache sur lui et le piétine, car tel est le châtiment de ceux qui ont commis le péché d'adultère.

XI
Le châtiment

Tard dans la nuit, reb Ozer fit siéger le tribunal, composé à ses côtés du sacrificateur, des sept Anciens de la communauté et d'autres notables. Ils écoutèrent le récit des coupables. Bien que la porte fût verrouillée et la fenêtre close, une foule de curieux se rassembla, et le bedeau dut sortir plusieurs fois pour la disperser. Ce serait trop long de rapporter ici tous les détails donnés par Lise et Shloimele sur leurs actes dépravés. Je n'en citerai que quelques-uns. Alors que tout le monde s'attendait à ce que Lise se mît à pleurer, à protester de son innocence, ou simplement s'évanouît, elle garda au contraire tout son sang-froid. Elle répondit clairement à toutes les questions du rabbin. Quand elle reconnut avoir péché avec le cocher, il lui demanda comment il était possible qu'une jeune fille juive, bonne et intelligente, fît une chose pareille. Elle répliqua qu'on ne devait blâmer qu'elle, elle était une pécheresse et acceptait le châtiment qu'on lui infligerait. « Je sais que j'ai perdu ce monde et celui à venir, dit-elle, et qu'il ne me reste rien à espérer. » Elle prononça ces paroles aussi calmement que si tout ce qui venait de se passer était banal, et cela stupéfia ceux qui l'écoutaient. Et quand le rabbin lui demanda si elle était amoureuse du jeune homme, ou si elle avait péché sous la contrainte, elle dit qu'elle avait agi volontairement et de son plein gré.

« Peut-être étiez-vous envoûtée par un esprit du mal ? suggéra-t-il. Ou alors, vous a-t-on jeté un sort ? Des forces obscures vous ont-elles poussée à faire ce que vous avez fait ? Peut-être étiez-vous en état de transe, au point d'oublier l'enseignement de la Torah ? D'oublier aussi que vous étiez une excellente jeune femme juive ? S'il en est ainsi, ne le niez pas ! »

Mais Lise maintint qu'elle n'avait nulle connaissance d'esprits malins, pas plus que de démons, d'envoûtement ou d'égarement.

Les autres l'interrogèrent à leur tour, lui demandèrent si elle n'avait pas trouvé de nœuds dans ses vêtements ou dans ses cheveux, ou vu une tache jaune sur son miroir, ou alors des marques noires et bleues sur son corps. Mais elle affirma n'avoir rien remarqué de tel. Quand Shloimele répéta que c'était lui qui l'avait poussée, alors que son cœur était pur, elle baissa la tête, se refusant à l'admettre comme à le nier.

Le rabbin lui demanda alors si elle regrettait ses fautes. Elle resta d'abord silencieuse, puis dit : « À quoi bon regretter ? » Elle ajouta : « Je désire être jugée selon la Loi, sans la moindre pitié. » Après quoi, elle se tut, et ce fut presque impossible de lui arracher un mot de plus.

Mendel confessa qu'il avait couché plusieurs fois avec Lise, la fille de son maître. Elle venait le retrouver dans sa mansarde, et il était allé aussi dans sa chambre. Malgré les coups reçus et ses vêtements déchirés, il restait plein de morgue, car ainsi qu'il est écrit, « les pécheurs ne se repentent pas, même aux portes de la Géhenne ». Il répondit par des remarques grossières. Quand un des habitants les plus respectés de la ville lui demanda : « Comment avez-vous pu faire une chose pareille ? » il gronda : « Et pourquoi pas ? Elle vaut mieux que votre femme ! »

Puis il injuria ses juges, les traita de voleurs, d'avares, d'usuriers, prétendit qu'ils donnaient faux poids et fausses mesures. Il parla également avec mépris de leurs épouses et de leurs filles. Il dit à un notable que sa femme laissait derrière elle une traînée d'ordures. À un autre, qu'il sentait trop mauvais même pour la sienne, qui refusait de coucher avec lui. Et il multiplia ce genre de réflexions insultantes et sarcastiques.

Quand le rabbin lui demanda : « Mais vous n'avez pas peur ? Vous vous attendez à vivre éternellement ? » il répliqua qu'il ne voyait pas de différence entre un homme mort et un cheval mort. Furieux d'entendre une chose pareille, ses interlocuteurs le firent fouetter. La foule, dehors, entendait ses blasphèmes, tandis que Lise se cachait le visage entre les mains et se mettait à pleurer.

Comme Shloimele avait volontairement confessé ses péchés et se disait prêt à faire pénitence aussitôt, on l'épargna. Certains lui parlèrent même avec bonté. Une nouvelle fois, il raconta comment les disciples de Sabbatai Zvi l'avaient pris dans leurs rets dès son enfance, et comment il avait étudié leurs livres et leurs manuscrits, jusqu'à finir par croire que plus on s'enfonce dans la dépravation, plus on se rapproche de la Fin des Jours. Et quand le rabbin voulut savoir pourquoi il n'avait pas choisi une autre forme de péché plutôt que l'adultère, pourquoi même un pécheur souhaitait voir sa femme souillée, il dit que cela lui procurait un vif plaisir. Quand Lise quittait les bras de Mendel pour venir faire l'amour avec lui, il la questionnait en détail, et cela l'excitait plus que d'accomplir l'acte lui-même. Quelqu'un observa que cela semblait être contre nature, mais il dit qu'en ce qui le concernait c'était ainsi. Il ajouta qu'il n'avait commencé à comprendre qu'il allait perdre son épouse bien-aimée que lorsque après avoir couché de nombreuses fois avec Mendel, elle s'était détournée de lui. Il en conçut un vif chagrin. Il tenta alors de la reprendre en main, mais trop tard, car elle ne parlait plus que du jeune homme jour et nuit, tant elle l'aimait maintenant.

Shloimele révéla encore que Lise avait fait des cadeaux à son amant en prélevant de l'argent sur sa dot, et Mendel s'était acheté un cheval, une selle, plus toutes sortes de harnais. Un jour, Lise avoua qu'il lui conseillait de divorcer, après quoi tous deux s'enfuiraient à l'étranger. Ce n'était pas tout. Shloimele raconta qu'avant d'avoir cette liaison, Lise disait toujours la vérité, mais qu'après, afin de se protéger, elle eut recours à d'innombrables mensonges et tromperies, au point finalement de lui cacher ses rapports avec Mendel. Ce genre de déclaration fit réagir les juges, certains même avec une grande virulence. Tous étaient choqués par ce qu'ils entendaient. Comment une ville aussi petite que Kreshev pouvait-elle abriter des agissements aussi scandaleux ? Plusieurs membres de la communauté craignaient que la vengeance de Dieu ne s'exerçât sur tous et que, le ciel nous en préserve, survînt une grande sécheresse ou une attaque des Tartares ou une inondation. Le rabbin annonça qu'il allait immédiatement décréter un jeûne général.

Et si les habitants de la ville allaient s'en prendre aux pécheurs, et peut-être même les tuer ? Le redoutant, les Anciens laissèrent Mendel en prison jusqu'au lendemain. Lise, sous la garde des femmes de la Congrégation des Enterrements, fut conduite à la maison des pauvres et enfermée seule dans une pièce à part, également pour sa sécurité. Shloimele passa la fin de la nuit chez le rabbin. Refusant de se coucher dans un lit, il s'étendit à même le plancher. Après avoir consulté les Anciens, le rabbin rendit son verdict. Le lendemain, les pécheurs seraient promenés à travers la ville, afin que soient humiliés publiquement ceux qui avaient offensé Dieu. Après quoi, Shloimele serait divorcé d'avec Lise, qui, d'après la Loi, lui serait désormais interdite. Elle n'aurait pas non plus le droit d'épouser Mendel.

La sentence fut exécutée dès le matin. Hommes, femmes et enfants commencèrent à s'assembler dans la cour de la synagogue. Des gamins manquèrent l'école et vinrent grimper sur le toit de la maison des pauvres ou au balcon de la section des femmes, afin de mieux voir. Certains apportèrent même des échelles ou des échasses. En dépit des avertissements du bedeau, comme quoi ce genre de spectacle doit se regarder avec gravité, sans rire ni plaisanter, on entendait des ricanements. Bien qu'on fût juste avant la période des fêtes, quand elles avaient le plus de travail, les couturières laissèrent fil et aiguille pour venir se réjouir de voir une fille de riches traînée dans la boue. Tailleurs, tonneliers, cordonniers, cardeurs se poussaient du coude, s'esclaffaient, flirtaient avec les filles. Certaines femmes respectables s'étaient drapé un châle sur la tête, comme si elles allaient assister à un enterrement. Plusieurs portaient deux tabliers, un devant et un derrière, ce qui se fait quand on va exorciser un dybbuk. Les marchands fermèrent boutique, les artisans quittèrent leur établi. Même les chrétiens vinrent voir les Juifs punir leurs pécheurs. Et tout le monde avait les yeux braqués sur la vieille synagogue, d'où lesdits pécheurs allaient sortir pour être humiliés publiquement.

La porte en chêne s'ouvrit, au milieu d'un murmure général. Les bouchers apparurent, tirant Mendel, les mains liées, la veste déchirée, la doublure d'une calotte sur la tête. Il avait un bleu au front. Une barbe de plusieurs jours noircissait son visage. L'air arrogant, il fit face à la foule, et on crut qu'il allait se mettre à chanter. Ses gardiens le tenaient fermement par les coudes, car il avait déjà tenté de s'échapper. Des sifflets l'accueillirent. Bien qu'il se fût repenti de son plein gré, et que le tribunal l'eût donc épargné, Shloimele avait demandé à recevoir le même châtiment que les autres. Des cris et des rires s'élevèrent quand il apparut. Il était méconnaissable, le visage d'une pâleur cadavérique, une joue enflée. Il ne portait ni caftan ni franges rituelles ni pantalon, mais des haillons. Par les trous de ses chaussettes, on voyait ses doigts de pied. On le poussa à côté de Mendel, et il resta là, la tête penchée, raide comme un épouvantail. Des femmes se mirent à gémir devant ce spectacle, comme si elles pleuraient quelqu'un qui vient de mourir. Certaines se plaignirent que les Anciens de la ville se montraient cruels et que, si reb Bunim avait été là, rien de tout cela ne se serait produit.

Lise n'apparut que beaucoup plus tard. Les gens étaient si curieux de la voir qu'ils se bousculèrent en s'écrasant les uns les autres, et des femmes, dans l'excitation générale, en perdirent leur coiffe. Quand elle franchit le seuil de la porte, escortée par les membres de la Congrégation des Enterrements, la foule sembla se pétrifier. Un seul cri jaillit de toutes les gorges. Lise portait toujours sa chemise déchirée, avec en plus une marmite sur la tête et un collier de gousses d'ail autour du cou. Elle tenait d'une main un balai et de l'autre un plumeau. Ses reins étaient ceints d'une corde. De toute évidence, ces femmes avaient fait tout ce qu'il fallait pour humilier de la pire manière possible cette fille d'une noble et riche famille. Comme le prescrivait la sentence, les coupables devaient être conduits à travers les rues de la ville, en s'arrêtant devant chaque maison pour que chacun vienne leur cracher dessus et les injurier. La procession démarra devant le domicile du rabbin et avança lentement jusque dans les quartiers les plus pauvres. Beaucoup craignaient que Lise ne s'effondrât, leur gâchant ainsi leur plaisir, mais elle semblait déterminée à accepter son châtiment dans toute son amertume.

Pour Kreshev, c'était comme la fête de l'*Omer* en plein mois d'Elul. Armés de pommes de pin, d'arcs et de flèches, les élèves du heder couraient partout en criant et en bêlant comme des chèvres. Les ménagères laissaient s'éteindre leur fourneau. La maison d'étude était vide. Même les malades et les indigents de la maison des pauvres vinrent voir passer le sinistre cortège.

Les femmes qui avaient un enfant souffrant ou qui observaient les Sept Jours de deuil se précipitaient dehors pour accueillir les trois mécréants en pleurant, en criant, en jurant et en montrant le poing. Étant donné qu'elles redoutaient une vengeance de la part de Mendel et ne ressentaient aucune haine particulière à l'égard de Shloimele, considéré comme quantité négligeable, elles s'acharnèrent sur Lise. Le bedeau les avait mises en garde contre tout excès de violence, mais elles la pinçaient et la bousculaient quand même. L'une d'elles lui renversa un seau d'ordures sur la tête, une autre lui jeta des entrailles de poulet au visage, et elle fut vite couverte d'immondices.

Comme elle avait raconté son histoire avec le bouc, en disant qu'il lui faisait penser à Mendel, des voyous étaient allés chercher l'animal et le tiraient au bout d'une corde derrière le cortège. Des gens sifflaient, d'autres chantaient des chansons satiriques. On traitait Lise de putain, de traînée, de sorcière, de fille des rues, de catin, d'idiote et autres noms semblables. Des violoneux, des tambours et un cymbalier faisaient mine de jouer une marche nuptiale. Un jeune homme prétendait être l'amuseur public et déclamait des vers grossiers. Les femmes qui escortaient Lise essayèrent de la distraire et de la réconforter, car cette marche était son châtiment, et si elle se repentait, elle pourrait retrouver son honneur — mais elle ne réagissait plus à rien. On ne la vit pas verser une seule larme. Elle ne lâcha pas un instant ni son balai ni son plumeau. Il faut reconnaître que Mendel, je tiens à le dire, ne s'opposa pas davantage à ses tourmenteurs. En silence, sans répondre aux insultes, il continuait à avancer. Quant à Shloimele, étant donné qu'il grimaçait sans cesse, on aurait eu du mal à savoir s'il riait ou pleurait. Il marchait en titubant, s'arrêtant à chaque instant, et il fallait le pousser pour qu'il reparte. Il se mit à boiter. Comme il avait seulement poussé les autres à pécher, sans rien commettre lui-même, on lui permit bientôt de quitter le cortège. Quelqu'un l'accompagna pour le protéger. Le soir, Mendel regagna sa prison. Chez le rabbin, on procéda au divorce de Lise et Shloimele. Quand elle tendit les deux mains pour recevoir le papier officiel, les femmes poussèrent des lamentations. Les hommes avaient les larmes aux yeux. Ensuite, on ramena Lise jusqu'à la maison de son père, toujours escortée par les membres de la Congrégation des Enterrements.

XII

La destruction de Kreshev

Cette nuit-là, un grand vent souffla, comme si, d'après le dicton, sept sorcières s'étaient pendues. En réalité, une seule jeune femme se pendit — Lise. Quand la vieille servante entra le matin dans la chambre de sa maîtresse, elle vit le lit vide. Elle attendit assez longtemps, croyant que Lise faisait sa toilette, mais comme elle ne la voyait pas revenir, elle partit à sa recherche. Elle la trouva dans le grenier, pendue au bout d'une corde, pieds nus, les cheveux dénoués, en chemise de nuit. Elle était déjà froide.

La ville fut sous le choc. Celles qui, la veille, jetaient des pierres à Lise et s'indignaient d'un châtiment jugé trop doux gémissaient maintenant que les Anciens de la communauté venaient de tuer une excellente jeune fille juive. Les hommes se divisèrent en deux groupes. Les uns disaient que Lise avait suffisamment payé pour ses péchés, et qu'on devrait l'enterrer au cimetière près de sa mère. Les autres réclamaient, étant donné qu'elle s'était suicidée, qu'on l'enterrât à l'extérieur de la clôture. Certains ajoutaient même que, par son attitude et ses paroles au tribunal, elle avait montré qu'elle restait rebelle et non repentante. C'était l'avis du rabbin et des Anciens. On l'enterra donc de nuit, à la lueur d'une lanterne, en dehors du cimetière. Des femmes pleuraient et sanglotaient. Le bruit réveilla les corneilles qui nichaient par là et qui se mirent à croasser. Certains Anciens implorèrent Lise de leur pardonner. On posa des tessons de bouteille sur ses yeux, comme le veut la coutume, et une baguette entre ses doigts, pour qu'au moment de l'arrivée du Messie elle puisse creuser un tunnel depuis Kreshev jusqu'à la Terre Sainte. Comme elle était jeune, on fit venir Kalman la Sangsue pour qu'il vérifie si elle n'était pas enceinte, car enterrer un enfant qui n'est pas encore né porte malheur. Le fossoyeur récita ce qu'on dit toujours à un enterrement : « Ô Roc ! Ton œuvre est parfaite, ta voie est celle de la justice, Dieu de loyauté et d'équité, juste et droit. »

Les assistants arrachèrent des touffes d'herbe qu'ils se jetèrent derrière l'épaule. Puis chacun déposa une pelletée de terre dans la tombe. Bien qu'il ne fût plus le mari de Lise, Shloimele était là et il récita le *kaddish*. Après la cérémonie, il se jeta sur le monticule et refusa d'en bouger. Il fallut l'emmener de force. Et bien que, d'après la Loi, il ne fût pas tenu d'observer les Sept Jours de deuil, il s'enferma dans la maison de son beau-père et accomplit tous les rites prescrits.

Pendant la période de deuil, plusieurs habitants de la ville vinrent prier avec lui et lui présenter leurs condoléances. Mais, comme s'il avait fait vœu de silence éternel, il ne leur répondit rien. Échevelé, en haillons, plongé dans la lecture du Livre de Job, il restait assis sur un tabouret bas, le visage blême, la barbe et les papillotes en broussaille. Une mèche brûlait dans un verre rempli d'huile. Un chiffon trempait dans un verre d'eau, pour que l'âme de la morte puisse se purifier. La vieille servante lui apportait à manger, mais il n'acceptait rien de plus qu'un morceau de pain sec avec du sel. À la fin des sept jours réglementaires, il prit un bâton, jeta un sac sur son dos et s'en fut. On le suivit un certain temps, on tenta de le dissuader, en lui demandant de rester au moins jusqu'au retour de reb Bunim. Mais il ne disait toujours rien et il poursuivit son chemin. Lassés, ceux qui l'avaient escorté rentrèrent chez eux. On ne le revit jamais.

Toujours retenu par ses affaires en Wolhynie, reb Bunim ne savait rien de son malheur. Quelques jours avant *Rosh Hashanah*, il se fit ramener à Kreshev en voiture à cheval. Il apportait de nombreux cadeaux pour sa fille et son gendre. Un soir, il s'arrêta dans une auberge et demanda des nouvelles de sa famille. Mais bien que chacun sût ce qui s'était passé, personne n'eut le courage de le lui dire. On lui déclara simplement qu'on ne savait rien. Quand il offrit à tous un verre de liqueur et un morceau de gâteau, ils acceptèrent avec réticence, en détournant les yeux, et il s'en étonna.

La ville semblait abandonnée le matin où il y arriva. Les occupants s'enfuyaient en le voyant. Une fois devant chez lui, il constata que les volets étaient clos et barricadés. Il prit peur. Il appela Lise, Shloimele et Mendel, mais personne ne répondit. La servante aussi était partie, malade, pour aller s'installer à la maison des pauvres. Finalement, une vieille femme surgit de nulle part et annonça à reb Bunim la terrible vérité.

« Ah, il n'y a plus de Lise, gémit-elle en se tordant les mains.

— Quand est-elle morte ? » demanda-t-il, le visage blême et les sourcils froncés.

Elle le lui dit.

« Et où est Shloimele ?

— Parti sur les routes ! Tout de suite après le septième jour de deuil.

— Que le Juge infaillible soit loué ! » Et reb Bunim récita la prière des morts. Il ajouta une phrase du Livre de Job : « Nu je suis sorti des entrailles de ma mère et nu j'y retournerai. »

Il alla dans sa chambre, déchira le revers de son manteau, ôta ses bottes et s'assit par terre. La vieille femme lui apporta du pain, un œuf dur et un peu de cendres, comme le veut la Loi. Peu à peu, elle lui expliqua que sa fille unique n'était pas morte de mort naturelle, mais qu'elle s'était pendue. Elle expliqua aussi les raisons du suicide. Reb Bunim entendit tout cela sans se révolter. C'était un homme pieux qui acceptait tout châtiment venu d'en haut, car il est dit : « L'homme doit se montrer reconnaissant du pire comme du meilleur. » Il conservait sa foi et ne nourrissait aucun ressentiment envers le Maître de l'univers.

À Rosh Hashanah, il alla prier à la synagogue et chanta de toute la force de sa voix. Après quoi, il mangea seul le repas de fête. Une servante lui apporta une tête de mouton, des pommes avec du miel et une carotte. Tout en mâchant, il se balançait et psalmodiait les chants prescrits. Moi, l'Esprit du Mal, je tentai d'éloigner du sentier de la vertu ce père affligé et de remplir son âme de mélancolie, car c'est dans ce but que le Créateur m'a envoyé sur terre. Mais reb Bunim m'ignora et se conforma à la maxime bien connue : « Ne dis pas de folies sous prétexte de répondre au fou. » Au lieu de discuter avec moi, il étudia et pria et, tout de suite après le jour du Grand Pardon, commença à construire une *soucca*, partageant ainsi son temps entre la Torah et les bonnes actions. Or, on sait que je n'ai de pouvoir que sur ceux qui se révoltent contre les desseins de Dieu. Les jours s'écoulèrent donc ainsi.

Reb Bunim demanda que Mendel fût remis en liberté, afin de recommencer sa vie ailleurs. Immédiatement après la période des fêtes, il vendit sa maison et tout ce qu'il possédait pour une bouchée de pain et quitta Kreshev, car la ville lui rappelait trop son malheur. Le rabbin et tous les autres l'accompagnèrent jusqu'à la route. Il avait laissé une somme d'argent pour la maison d'étude, ainsi que pour la maison des pauvres et diverses œuvres charitables. Il s'en alla comme celui à propos de qui est écrit : « Quand un saint quitte une ville, sa beauté, sa splendeur, sa gloire s'en vont avec lui. »

Mendel le cocher traîna quelque temps encore dans les villages avoisinants. Les colporteurs racontaient que les paysans avaient peur de lui, parce qu'il leur cherchait souvent querelle. On rapportait qu'il était devenu voleur de chevaux, ou alors bandit de grand chemin. On chuchotait qu'il venait parfois sur la tombe de Lise, on avait découvert la trace de ses bottes sur le sol. Que ne disait-on pas. Certains redoutaient qu'il ne se venge de ce que la ville lui avait fait, et ils ne se trompaient pas. Une nuit, un incendie se déclara. Il éclata en plusieurs endroits à la fois et, malgré la pluie, les flammes se

93

propagèrent de maison en maison, jusqu'à ce que pratiquement les trois quarts de Kreshev fussent détruits. Le bouc de la communauté périt, lui aussi. Des témoins certifièrent avoir vu Mendel mettre le feu. Comme il faisait très froid, à cette saison, et que beaucoup de gens se retrouvèrent sans toit, certains tombèrent malades. Une épidémie se déclara, des hommes, des femmes, des enfants moururent, et Kreshev fut vraiment détruite. Jusqu'à aujourd'hui, c'est resté une petite bourgade très pauvre. On ne l'a jamais reconstruite telle qu'elle était autrefois. Et tout cela à cause des péchés commis par un mari, sa femme et un cocher. Bien que ce ne soit pas la coutume chez les Juifs de se recueillir sur la tombe des suicidés, les jeunes femmes qui se rendaient sur celle de leurs parents faisaient souvent un détour jusqu'au monticule derrière la palissade du cimetière. Là, elles pleuraient et priaient, non seulement pour elles-mêmes et leurs familles, mais aussi pour l'âme de Lise la pécheresse, fille de Shifrah Tammar. Et la coutume en survit aujourd'hui.

Composition Nord Compo
Impression Novoprint
à Barcelone, le 20 avril 2003
Dépôt légal : avril 2003

ISBN 2-07-042870-2./Imprimé en Espagne.

122180